LES

CONTEURS EN FAMILLE

TABLE DES MATIÈRES

PARIS. — IMP. SIMON RAÇON ET COMP., RUE D'ERFURTH, 1.

LES

CONTEURS EN FAMILLE

PAR

MICHEL MÖRING

AUTEUR DE LA JEUNESSE HISTORIQUE ET CÉLÈBRE, DE L'ALBUM DU JEUNE VOYAGEUR, DES SOIRÉES DE MON ONCLE,
DES RÉCRÉATIONS HISTORIQUES DE L'ENFANCE, DES NOUVELLES VILLAGEOISES,
DES PRIMEVÈRES, DE LA VEILLÉE DE NOEL, DES CONTES ET RÉCITS DU FOYER, ETC., ETC.

ILLUSTRÉS

DE BELLES LITHOGRAPHIES A DEUX TEINTES

PAR MM. GRENIER ET HADAMARD

PARIS
J. VERMOT, LIBRAIRE-ÉDITEUR
Succ. de M. DESESSERTS
35. QUAI DES GRANDS AUGUSTINS, ET PASSAGE DES PANORANAS, 38

1860

INTRODUCTION

Transportons-nous, mes jeunes lecteurs, dans un vieux château situé à quelques lieues de Rennes.

C'est là qu'habite, pendant toute l'année, un vieux colonel de l'Empire avec sa femme et la mère de sa femme : trois beaux et respectables vieillards dont les âges réunis formeraient plus de deux siècles.

Une fois dans l'année, pendant le temps des vacances, les enfants et les petits-enfants de M. Préval accourent vers le château et en peuplent les immenses solitudes.

Que d'éclats de voix joyeux et bruyants on entend alors par les allées du grand parc ou sous les voûtes de l'antique manoir !

M. Préval a deux fils : l'un est un savant qui a beaucoup voyagé et visité presque toutes les contrées du globe; l'autre est un marin distingué, qui a déjà atteint le grade élevé de capitaine de vaisseau. Ces deux fils sont mariés et ont chacun trois enfants. Tous ces enfants réunis, jeunes garçons et jeunes filles, petits garçons et petites filles, forment une bande nombreuse, qui, pendant deux mois, apporte aux vieux parents de la vie, de l'animation, du mouvement, de la joie et du bonheur pour toute l'année.

Le grand-père veut que tous ses grands et petits enfants soient libres dans leurs jeux et dans leurs ébats; lui-même il y préside parfois, les anime et les encourage par sa présence.

Le soir, dans l'intervalle qui sépare le dîner de l'heure du repos, on se réunit dans une grande salle ornée de vieux portraits, personnages du temps passé dont le regard fixe et la mine sévère font frissonner les petits enfants.

Il y a là, autour de la vaste cheminée à colonnes sculptées, quatre générations rassemblées : tous les âges, toutes les saisons de la vie.

Comment passer ces longues heures ?

Oh ! rassurez-vous; elles s'écoulent toujours trop rapides.

Ce sont de douces et longues causeries : on lit, on joue doucement; on ne fait pas de bruit, de peur de réveiller la vénérable aïeule, qui souvent s'endort dans son grand fauteuil de chêne, le pied appuyé sur la planchette de son rouet, le lin encore tordu entre ses doigts tremblants.

Un soir, — c'est bientôt la fin des vacances; huit jours restent encore, huit jours seulement ! Tous les fronts s'assombrissent, il y a de la tristesse dans tous les cœurs; — un soir donc, le vieux grand-père fait à la famille assemblée autour de lui une proposition qui fait renaître la joie sur tous les jeunes visages : pendant ces huit jours, c'est-à-dire pendant les huit soirées, chacun des parents réunis racontera à son tour une histoire.

La bonne aïeule, qui ne dort pas ce soir-là, déclare qu'elle ne cédera pas son tour et qu'elle veut elle-même commencer.

A MES NEVEUX ET NIÈCES

C'est à vous, mes chers enfants, que je dédie ce livre.

Que ne vivons-nous plus près les uns des autres! Je vous raconterais moi-même, au foyer de famille, ce que j'écris pour vous aujourd'hui. Pressés autour de moi, les uns debout et me regardant en face, les autres s'accoudant au dossier de mon fauteuil, les plus petits assis sur mes genoux, vous me formeriez un charmant cercle d'auditeurs, et je deviendrais, grâce à vous, un conteur inépuisable.

Votre mère vous l'a dit souvent, sans doute, au temps où nous étions enfants, elle et moi, toute notre famille était réunie dans un même centre, se groupant autour d'une vénérable aïeule, bonne, aimante, dévouée, charmante d'esprit, de grâce et d'affabilité.

Aujourd'hui nous voilà tous dispersés au loin.

Telle est la vie!

Espérons, mes chers amis, que la douce providence du bon Dieu nous réunira de nouveau. Alors nous passerons de longues heures ensemble, et je vous dirai toutes sortes de contes et de récits.

En attendant, chers enfants, lisez ce livre, et rappelez-vous que mon but, en l'écrivant, a été non-seulement de vous procurer quelques instants de récréation, mais encore, et surtout, de vous prouver combien je pense à vous et combien je vous aime.

MICHEL MÖRING.

A Hadamard inv et del — Imp. Godard à Paris

L'Esclave de St Domingue.

L'ESCLAVE DE SAINT-DOMINGUE

La bonne aïeule ayant fait signe qu'elle allait parler, toute la petite société vint se presser autour du grand fauteuil.

Un profond silence s'établit, et la vieille dame parla ainsi :

— Vous savez, mes chers petits-enfants, que j'ai quatre-vingt-cinq ans bien comptés. Je suis née dans l'île de Saint-Domingue. Cette île, qui se nomme maintenant Haïti, est située dans la mer des Antilles, entre l'île de Cuba, la Jamaïque et Porto-Rico; après avoir appartenu longtemps à la France, elle forme aujourd'hui un état indépendant. Mon père était un des plus riches colons de Saint-Domingue : il possédait auprès de la ville du Cap des terres immenses et un nombre considérable de nègres.

Le récit que je vais vous faire se passe dans ce pays, où s'est écoulée mon enfance. Écoutez-moi bien; je commence tout de suite mon histoire.

LES DEUX AMIS

Par une belle soirée d'été, deux jeunes enfants causaient ensemble, assis au bord de la mer. L'un était un jeune nègre qui pouvait avoir de treize à quatorze ans; l'autre une petite mulâtresse âgée de dix ans.

— Comme tu as l'air triste aujourd'hui, Mika !

— Ah! mon pauvre Dodo, c'est qu'il m'est arrivé un grand malheur depuis que je t'ai vu : j'ai perdu ma mère !

Et la petite fille se mit à fondre en larmes. Le nègre se rapprocha d'elle, lui prit les deux mains dans les siennes et essaya de la consoler de son mieux.

— Mais ce n'est pas tout encore, ajouta la mulâtresse : figure-toi que, pour soigner ma mère pendant sa longue maladie, mon père a épuisé tout ce qu'il avait d'argent et vendu la case que nous habitions; personne ne veut l'employer, parce qu'il est mulâtre, et que les colons craignent toujours que les mulâtres n'excitent les nègres à se révolter.

— Mais ne peut-il faire encore ce qu'il faisait auparavant : acheter des marchandises dans l'intérieur de l'île, pour les revendre aux étrangers qui viennent sur les côtes ?

— Pour acheter des marchandises, il faut de l'argent, et il n'a même plus de quoi se procurer ce qui est nécessaire pour vivre; aussi il se lamente et se désespère, et il parle de se vendre.

— Se vendre!... et toi, Mika, que deviendras-tu?

— Écoute, Dodo, je ne veux pas que mon père se vende; aussi j'ai formé un projet...

— Lequel?... tu hésites à me le confier, Mika?... Ne suis-je pas ton ami et le compagnon de tes jeux?

— Au contraire, Dodo, j'ai confiance en toi et je vais te dire tout; mais promets-moi de ne jamais révéler mon secret à personne.

— Je te le promets.

A. Hadamard inv. et del.

Imp. Godard à Paris.

Mika et Dodo.

Tout le monde est d'accord.

Les enfants sautent de plaisir.

Il y aura des histoires pour tous les goûts et pour tous les âges, des histoires de tous les pays : souvenirs intimes, épisodes militaires, légendes, récits historiques, voyages, scènes maritimes, se succéderont tour à tour. De cette variété naîtront pour les jeunes auditeurs un intérêt plus vif et un plus grand amusement.

Tels sont, mes jeunes lecteurs, l'idée et le plan de ce nouveau livre, dont le titre vous est maintenant expliqué.

— Eh bien, j'ai entendu dire qu'il y a, à dix lieues d'ici, auprès du Cap, un riche colon qui cherche une petite esclave de mon âge pour sa fille; on le nomme, je crois, M. d'Albane.

— J'ai entendu parler de lui par mon père; il paraît que si tous les maîtres lui ressemblaient les pauvres esclaves ne seraient pas aussi malheureux.

— Je compte aller m'offrir à M. d'Albane; il m'achètera, j'en suis sûre. Je ferai passer l'argent à mon père. Avec cet argent, il pourra entreprendre quelque commerce, et il ne sera pas obligé de se vendre lui-même.

— Mais ton père te cherchera et finira par te retrouver.

— Si tu veux m'aider dans mon projet, Dodo, il me sera facile de lui cacher le lieu de ma retraite. Il faudrait pour cela que tu pusses t'absenter pendant deux ou trois jours.

— Si je demande la permission, on me la refusera. D'ailleurs, on saurait où nous allons. J'aime mieux m'en aller sans rien dire. Je serai fouetté à mon retour; mais que m'importe? le pauvre nègre est habitué à être battu et à souffrir!

— Pauvre Dodo! Tu ferais cela pour moi!... C'est un bien grand service que tu vas me rendre; aussi, pour t'en récompenser, je te promets que je tâcherai plus tard de te faire acheter par M. d'Albane; puis, quand nous serons grands, nous nous marierons et nous serons toujours heureux.

— Bien vrai, ce que tu dis là, Mika?..... Eh bien, que faut-il faire?

— Quand faudrait-il partir pour arriver demain soir à l'habitation de M. d'Albane?

— Cette nuit même : le chemin est long et difficile, et nous risquons de nous égarer plus d'une fois.

— Partons maintenant.

— Partons si tu le veux. Ne crains rien, Mika, je te protégerai le long de la route, et malheur à celui qui viendrait t'attaquer! Mais que ferai-je, moi, quand tu seras arrivée chez M. d'Albane?

— Tu m'attendras à quelque distance de l'habitation; quand j'aurai reçu l'argent, je te l'apporterai, et tu reviendras pour le remettre à mon père, en lui disant que je me suis vendue à des marchands d'esclaves dont le navire s'était arrêté ici quelques heures; tu ajouteras que tu ne sais vers quel pays ils m'ont emmenée.

— Ton père, Mika, quel chagrin tu vas lui causer!...

— Tu lui diras, pour le consoler, que je vais bien vite apprendre à écrire, afin de lui faire savoir où je serai, et pour qu'il puisse me racheter plus tard, quand il sera devenu riche. Es-tu prêt, Dodo?

— Partons. Mais tu n'oublieras pas ta promesse?...

— Puisque c'est convenu. Partons vite!

Et les deux enfants, se tenant par la main, s'éloignèrent dans la direction des montagnes.

L'HABITATION DE M. D'ALBANE

C'était une belle et riche propriété que celle de M. d'Albane; située à une lieue du Cap, à peu de distance de la mer, elle était entourée d'immenses plantations de cannes et de caféiers; on y comptait plus de cinq cents nègres, dont les cases, éparses çà et là, se reliaient aux vastes bâtiments qui servaient à l'exploitation.

Au centre s'élevait la somptueuse habitation de M. d'Albane, à moitié cachée par des massifs de verdure.

Au milieu de l'obscurité de la nuit, apparaissaient, éclairées de rayonnantes clartés, les fenêtres d'un immense salon qui faisait saillie sur la façade principale de l'habitation, et formait comme une vaste rotonde d'où l'on descendait dans les jardins par de larges degrés de marbre.

A la chaleur accablante du jour avait succédé une brise rafraîchissante qui venait de la mer et apportait avec elle, comme un lointain écho, le murmure des flots se jouant sur le rivage. Les orangers, les grenadiers, les jasmins d'Arabie, mêlaient leurs parfums et imprégnaient l'air d'enivrantes senteurs.

Cette habitation semblait être un séjour de délices. Le bonheur cependant n'y résidait pas : depuis quelques années, ce salon à l'ameublement somptueux, aux lustres étincelants, ces galeries de marbre, ces immenses appartements où toutes les recherches du luxe, toutes les fantaisies de l'imagination, se trouvaient rassemblées, cette demeure enfin, ou plutôt ce palais était triste et morne. Plus de réunions, plus de fêtes. On y respirait comme une atmosphère de tristesse et de deuil.

C'est que celle qui était l'âme et la vie de ces lieux enchanteurs les avait quittés pour toujours : madame d'Albane, belle, charmante, enviée de tous, était morte à vingt-quatre ans, alors que la jeunesse, l'amour de son mari, la richesse et les plaisirs, tout souriait à son existence, alors qu'un doux ange, un enfant, était venu mettre le comble à ses désirs.

M. d'Albane était resté comme anéanti sous le coup de cet affreux malheur ; ce qui l'occupait jadis, le soin de gérer sa fortune, de surveiller ses plantations, de diriger les travaux des nègres, tout lui était devenu indifférent, tout l'importunait même : absorbé dans ses tristes pensées et dans ses regrets, il n'en pouvait être distrait que par la vue de son enfant.

Éliane allait atteindre sa neuvième année au moment où commence cette histoire. C'était, au dire de tous ceux qui l'ont connue, une charmante petite fille, avec de grands yeux bleus, de longs cheveux blonds qui retombaient en spirales soyeuses jusque sur ses épaules, un doux visage où s'épanouissaient toutes les roses de la jeunesse et de la santé.

Elle ressemblait à sa mère ; elle en portait le nom.

L'amour de M. d'Albane pour sa fille était tel, qu'il ne voulait pas se séparer d'elle un seul instant : il la suivait dans ses promenades, il assistait à ses récréations et à ses jeux, il présidait lui-même à ses études et lui servait d'instituteur.

Pauvre père ! son enfant était désormais sa seule joie, son unique consolation !

Et cependant que de fois il se prit à pleurer en la regardant !

Il songeait à celle dont elle lui rappelait l'image !

Éliane alors se jetait dans ses bras, lui prodiguait les plus douces caresses, et séchait ses larmes sous de tendres baisers.

LA PETITE MULATRESSE

Ce soir-là, M. d'Albane et sa fille étaient dans le grand salon dont nous avons précédemment parlé. Tandis qu'Éliane, à demi-couchée sur une natte de jonc, jouait avec une perruche verte qui voltigeait autour d'elle, son père, étendu sur un sofa, aspirait l'air frais et embaumé qui pénétrait de tous côtés par les fenêtres ouvertes.

Tout à coup des bruits de pas se font entendre dans la galerie voisine, puis des cris d'enfant.

M. d'Albane se lève et se dirige du côté d'où vient le bruit; il soulève la portière et aperçoit alors une petite mulâtresse; celle-ci se débat entre les mains des nègres de l'habitation, qui cherchent à la retenir.

A la vue du maître et d'Éliane qui l'a suivi, l'enfant fait un dernier effort, s'échappe des bras des serviteurs et vient se précipiter aux pieds de M. d'Albane.

La petite mulâtresse, c'était Mika.

Pauvre enfant! après une nuit et une journée d'une marche pénible et difficile, obligée souvent de se frayer un chemin à travers les bois, se déchirant les pieds et les mains dans les buissons, elle était arrivée enfin, exténuée de lassitude et de besoin, à l'habitation de M. d'Albane. Mais, à cette heure où le maître ne recevait plus personne, les serviteurs n'avaient pas voulu la laisser pénétrer jusqu'à lui; c'est alors que s'était engagée la lutte à laquelle la présence de M. d'Albane et de sa fille venait de mettre fin.

Cependant Mika, qui s'était mise à genoux devant M. d'Albane, s'affaissa peu à peu sur elle-même et tomba bientôt à terre, privée de sentiment.

A la vue des vêtements déchirés de la pauvre mulâtresse, de ses pieds ensanglantés, de son visage qui exprimait la souffrance, Éliane comprit que la fatigue et le besoin étaient sans doute la cause de son évanouissement; elle s'élança vers un plateau posé sur un guéridon, au milieu du salon, et, versant un peu de vin dans un verre, elle s'agenouilla auprès de Mika, lui souleva la tête et lui fit avaler quelques gouttes du liquide généreux.

Mika revint à elle et ouvrit les yeux; son premier regard tomba sur Éliane; elle saisit vivement sa main et la porta à ses lèvres avec une tendre effusion de reconnaissance.

M. d'Albane avait fait signe à ses serviteurs de se retirer; il se mit à interroger la mulâtresse, qui, revenue à elle, s'était de nouveau agenouillée devant lui, et par des gestes suppliants et des mots entrecoupés semblait implorer sa protection.

Mika lui exposa qu'elle était venue le trouver de bien loin, afin de se vendre et d'être placée comme esclave auprès de sa fille.

Ce fut en vain que M. d'Albane chercha à savoir le nom de ses parents et l'endroit qu'ils habitaient; Mika, les yeux pleins de larmes, tendait les bras vers Éliane et répétait sans cesse :

— Prenez la pauvre Mika, chère petite maîtresse à moi, achetez-la!... Si vous saviez comme elle vous aimera et comme elle vous sera fidèle et dévouée!... Ne lui demandez pas pour qui est l'argent qu'elle vous supplie de lui donner en échange de sa liberté : c'est un secret qu'elle ne peut vous dire maintenant. Mais le bon Dieu vous bénira si vous faites ce qu'elle implore de vous.

L'étrangeté de la démarche de cette enfant, le prix élevé qu'elle mettait à sa liberté, — deux mille dollars! — tout cela semblait si singulier à M. d'Albane, que son premier mouvement fut de rejeter la prière de Mika.

C'est sans doute, se disait-il, ou une esclave qui s'est échappée d'une habitation voisine, ou une enfant qui agit à l'insu de ses parents; dans tous les cas, on viendra me la réclamer, et je m'exposerais, en la prenant, à toutes sortes de désagréments.

M. d'Albane allait donc manifester son intention de ne pas agréer la demande de la mulâtresse, lorsque Éliane joignit ses supplications à celles de Mika et manifesta le désir de l'avoir pour esclave et pour compagne de ses jeux.

M. d'Albane ne savait rien refuser à son enfant; il consentit donc, et alla chercher les deux mille dollars. Son premier soin fut de charger un de ses nègres de suivre Mika et de lui dire entre les mains de qui elle remettrait l'argent.

Dès que Mika eut reçu la somme, elle bondit comme une gazelle, sortit de la maison et s'enfonça au plus profond du jardin. Un instant elle s'arrêta et sembla hésiter. Elle imita le chant du bengali; un chant semblable lui répondit à quelque distance.

Bientôt elle rejoignit Dodo.

— Eh bien? lui dit-il.

— Voici la somme. Je suis esclave.

— Pauvre Mika! esclave comme moi!

— Porte vite cet argent à mon père. Tu tâcheras de me venir voir au moins une fois tous les ans. Ne dis pas à mon père où je suis; il le saura plus tard. Adieu, Dodo, je ne t'oublierai pas. Pars vite, on pourrait nous surprendre.

Les deux enfants s'embrassèrent; Dodo disparut derrière les grands arbres, et Mika reprit le chemin de l'habitation.

Quand elle reparut dans le salon, M. d'Albane savait déjà ce qui venait de se passer.

ELIANE ET MIKA

Mika avait deux ans de plus qu'Éliane. Elle était grande et forte; d'épais cheveux noirs, un peu crépus, encadraient son visage au teint brun; son regard intelligent et vif semblait parfois exprimer la fierté, et parfois, voilé sous de longs cils, était plein de douceur et de bonté. Quelques jours s'étaient à peine écoulés que l'intimité la plus grande régnait entre les deux jeunes filles. Bonne, aimable, sensible, Éliane s'attachait de plus en plus à Mika; elle ne pouvait se passer d'elle, et n'était heureuse que quand elle la voyait à ses côtés. Mika avait également voué à sa jeune maîtresse une reconnaissance, une affection, un dévouement sans bornes.

Ainsi s'écoulèrent deux années, pendant lesquelles Mika devint la compagne et l'amie d'Éliane, partageant non-seulement ses jeux et ses plaisirs, mais encore ses études, ayant les mêmes maîtres et recevant les mêmes leçons. Douée d'une merveilleuse intelligence, Mika avait fait des progrès rapides; en même temps que son esprit devenait plus cultivé, les excellentes qualités de son cœur se développaient de jour en jour. Elle savait se faire pardonner des autres esclaves la faveur extrême dont elle jouissait auprès des maîtres. Grâce à son influence et à ses bonnes paroles, Éliane, élevée dans les idées qu'avaient malheureusement alors les possesseurs d'esclaves aux colonies, avait fini par être touchée de pitié pour le sort des pauvres nègres ; elle s'efforçait de les protéger, d'adoucir leur condition, de faire alléger leurs durs travaux et de les soustraire à des châtiments rigoureux. Aussi tous les esclaves des plantations de M. d'Albane étaient-ils pleins de reconnaissance et d'attachement pour Éliane et Mika. Cette dernière surtout exerçait sur eux une influence extraordinaire; d'un signe, elle les eût fait obéir à sa moindre volonté.

Souvent, pendant les heures de repos accordées aux nègres, Éliane et Mika se faisaient porter dans un palanquin et allaient de case en case, s'informant des besoins de chacun, visitant les malades, apportant des fruits ou des jouets aux petits enfants.

Les nègres les appelaient les *deux Anges du bon Dieu.* Quand ils les voyaient venir vers eux, ils disaient : « La journée sera bonne, tout ira bien aujourd'hui : maîtresse blanche et maîtresse noire ont passé par ici; le bon Dieu aime les pauvres nègres. »

Cependant, malgré tout le bonheur et toute la liberté dont elle jouissait auprès de sa jeune maîtresse, Mika était triste : c'est que depuis ces deux années écoulées elle n'avait reçu aucune nouvelle de son père. Dodo, qui avait promis de venir tous les ans, n'était pas venu une seule fois.

Qu'était-il arrivé? Dodo n'avait-il pas revu le père de Mika? Ou bien lui-même avait-il changé de maître et de pays?

Telles étaient les réflexions que Mika faisait sans cesse et qui assombrissaient son âme. Plus le temps marchait, et plus elle devenait triste et rêveuse. Souvent, à l'heure où tout le monde dormait dans l'habitation, fuyant son lit, où elle ne pouvait trouver le sommeil, elle demeurait debout, accoudée à la fenêtre de sa chambre, et versait d'abondantes larmes jusqu'à ce que les premières lueurs de l'aube vinssent la surprendre. Elle se demandait où était son père, et si jamais elle ne retrouverait plus ses douces caresses et sa tendre affection.

Plus d'une fois Éliane avait surpris la tristesse et les larmes de sa jeune amie; mais ses questions affectueuses, ses caresses, tout demeurait inutile : Mika, éludant ses demandes, persistait à garder le silence sur le douloureux secret de son cœur.

LE PAVILLON DU MAGNOLIA

Par une splendide matinée, aux premiers rayons du soleil levant, Éliane entra un jour à l'improviste dans la chambre de Mika ; elle la trouva les yeux rouges et gonflés, le visage pâle et défait.

— Encore des larmes! lui dit-elle.

— Oh! maîtresse, ne m'interrogez pas!... Encore un peu, et je vous dirai mon secret.

— Tu es une méchante, Mika; mais je te pardonne. Je venais te chercher : nous irons déjeuner dans notre retraite favorite, au pavillon du Magnolia. Viens, tout est prêt : c'est une surprise que je t'ai ménagée.

Les deux jeunes filles partirent bientôt, suivies par un vieux nègre qui portait un panier rempli de provisions.

Le long du chemin, Éliane et Mika cueillaient mille petites fleurs qui diapraient l'herbe humide de leurs couleurs étincelantes.

Après une demi-heure de marche, elles arrivèrent au but de leur voyage.

C'était une sorte de pavillon rustique, formé de bambous attachés au tronc d'un immense magnolia. Près de là une source s'échappait en cascade, à moitié couverte par des lianes qui garantissaient l'eau de l'ardeur du soleil et entretenaient une fraîcheur constante sur les bords fleuris du ruisseau. Des palmiers aux larges feuilles, des tulipiers, de magnifiques cèdres de Virginie, mêlaient leurs ombrages et leurs parfums.

Éliane s'assit sur un banc adossé au tronc du magnolia. Elle était vêtue d'une robe blanche; un grand chapeau de paille, sans aucun ornement, contenait avec peine sa belle chevelure blonde, qui s'échappait en boucles nombreuses autour de son visage et de son cou plus blanc que la neige; ses yeux, d'un bleu qui rappelait l'azur du ciel, se fixaient avec une douce expression de tendresse sur Mika. Celle-ci, assise sur l'herbe, à ses pieds, lui présentait à choisir, dans une corbeille, les fruits et les gâteaux de maïs que le vieux nègre avait apportés. Ce dernier, debout à quelque distance, contemplait en souriant le groupe charmant et gracieux que formaient ainsi les deux jeunes filles.

Mika portait le costume du pays : un madras aux couleurs éclatantes retenait son abondante chevelure plus noire que l'ébène; ses bras étaient nus, et aucune chaussure n'emprisonnait ses pieds.

La mulâtresse avait toujours résisté au désir d'Éliane, qui voulait l'habiller comme elle.

Pauvre Mika! elle pensait à son père. « Si jamais il revenait, se disait-elle, il me reconnaîtrait mieux sous ce costume. »

Sur un signe d'Éliane, le vieux nègre s'éloigna et laissa seules les deux jeunes filles; celles-ci se mirent en devoir de faire honneur à leur repas champêtre.

Bientôt la gaieté reparut sur le visage de Mika.

Sa compagne, tendre et affectueuse, l'avait fait placer à ses côtés; toutes les deux, mordant à belles dents dans des oranges vermeilles et des gâteaux savoureux, se mirent à causer et à rire joyeusement, mêlant les éclats de leurs voix au murmure de la source et aux mille chansons des oiseaux divers qui babillaient gaiement dans le feuillage.

LA RÉVOLTE DES NÈGRES

Le repas était terminé.

Éliane, attirant doucement Mika, l'enlaça de ses bras et l'embrassa tendrement plusieurs reprises.

— Chère Mika, lui dit-elle, j'ai une bonne nouvelle à t'apprendre.

— Laquelle? reprit Mika, attachant ses grands yeux noirs sur le regard si doux de sa jeune maîtresse.

— Écoute, Mika : quelque événement extraordinaire t'a sans doute forcée à te vendre comme esclave; depuis plus d'un an tu es triste et tu pleures sans cesse; tu as quitté des gens que tu aimes et que tu regrettes; eh bien, moi, je t'aime trop pour te voir triste et affligée. Sans doute ce sera pour moi une peine cruelle de me séparer de toi; mais je préfère encore ton bonheur au mien : aussi j'ai demandé à mon père de te rendre la liberté, et il a accédé à ma prière. Tu es libre, Mika, libre!... Va, rejoins ceux que tu regrettes et que tu pleures!... ou plutôt, si tu m'aimes aussi, va les chercher et amène-les parmi nous; car moi, vois-tu, je serais trop malheureuse sans toi, et je ne sais si je pourrai vivre quand tu m'auras quittée!

Mika se précipita aux genoux d'Éliane, lui prit les mains, les arrosa de larmes et les couvrit de baisers.

Elle allait répondre...

Soudain un bruit de pas se fait entendre; le feuillage s'agite et s'entr'ouvre à quelques pas des deux jeunes filles.

Un jeune nègre apparaît.

Éliane pousse un cri d'effroi.

Quant à Mika, elle s'élance vers le nouveau venu.

— Dodo, lui dit-elle, c'est toi! Parle vite... Mon père vit-il encore? Sait-il où je suis?

— Ton père vit, Mika; il est près d'ici.

— Ah! conduis-moi vers lui!

— Non; viens avec moi et emmène ta bonne petite maîtresse : une révolte terrible a été organisée parmi les nègres; ce matin même le signal a été donné, et ils sont en train de détruire toutes les plantations et de massacrer tous les blancs... Entendez-vous dans le lointain leurs cris furieux?... Ah! c'est que les pauvres nègres ont bien souffert!...

Un murmure de voix, semblable au sourd grondement de l'orage, arrivait, en effet, jusqu'aux deux jeunes filles.

— Mon père! mon père!... s'écria Éliane.

Et elle se tordait les mains de désespoir.

— Rassurez-vous, dit le jeune nègre; rassurez-vous, bonne petite maîtresse, il sera sauvé!... Le père de Mika sait combien vous avez aimé sa fille, et il a juré de protéger et de défendre votre père. C'est lui qui m'envoie. Suivez-moi. M. d'Albane et Tannariez, le père de Mika, nous rejoindront bientôt dans l'endroit où je vous aurai conduites.

— Vous ne me trompez pas? dit Éliane.

— Oh! maîtresse, s'empressa de répondre Mika, vous ne connaissez pas Dodo pour l'accuser ainsi!...

— Oui, il doit être bon, puisqu'il t'aime.

Puis, s'avançant vers le jeune nègre et lui prenant la main :

— Pardonnez-moi, lui dit-elle... Et maintenant partons!...

LA FUITE

Dodo conduisit les deux jeunes filles à travers les bois, loin des sentiers frayés et des habitations; il s'avançait avec précaution, explorant le chemin et ne leur faisant signe de le suivre que quand il s'était assuré qu'aucun danger ne les menaçait.

Après une longue et pénible journée de marche, les trois jeunes gens sortirent enfin de la forêt.

Une brise rafraîchissante annonçait le voisinage de la mer.

Tout à coup le nègre s'arrêta.

On apercevait dans le lointain des formes humaines qui se dessinaient confusément à travers la brume, puis, tout auprès, comme les mâts et les voiles d'un navire.

— Ce sont eux... ils nous attendent! s'écria Dodo... Venez vite!... c'est l'heure de la marée.

Ils voulurent courir; mais Éliane, brisée par la fatigue, ne pouvait les suivre.

Dodo la prit doucement entre ses bras et la porta jusqu'au rivage.

Là elle retrouva son père.

Là aussi Mika retrouva le sien.

Quelques instants après, M. d'Albane et Éliane, Tannariez, Mika et Dodo, étaient réunis sur le même navire et voguaient vers d'autres rivages.

Voici ce qui s'était passé.

Tannariez, grâce au prix de la liberté de sa fille, s'était engagé dans un commerce qui avait réussi au delà de toute espérance. Deux années écoulées, il revenait riche, et, instruit par Dodo de tout ce qui s'était passé, il allait se rendre auprès de M. d'Albane pour le remercier de toutes ses bontés pour Mika et le prier de lui rendre son enfant; le même jour éclata à Saint-Domingue, en 1791, la première révolte des nègres. Tannariez alors n'eut plus qu'une pensée, sauver les bienfaiteurs de sa fille. Il partit avec Dodo et se rendit en toute hâte auprès de M. d'Albane. Tandis que Dodo se chargeait de rejoindre les deux jeunes filles et de les amener à un endroit désigné, Tannariez emmenait M. d'Albane et l'aidait à emporter tout l'argent et les bijoux qu'il avait chez lui. Il avait un petit navire frété pour son commerce; cette circonstance lui permit d'assurer complétement la fuite de M. d'Albane et de sa fille et de les mettre à l'abri de tout danger.

— Mais il est temps, mes enfants, dit la bonne aïeule, d'abréger cette histoire, car elle a été longue et je suis bien fatiguée. En voici la fin en peu de mots.

Cette première révolte des nègres ayant été apaisée, M. d'Albane revint dans son habitation; mais, comme il prévoyait que le calme ne serait pas de longue durée, il se hâta de vendre tout ce qu'il possédait à Saint-Domingue. Puis il repartit avec sa fille, et aussi avec Tannariez, Mika et Dodo, dont il ne voulait plus se séparer.

Après quelques années passées sur le continent américain, toute la famille vint s'établir en France.

Tannariez vécut heureux auprès de M. d'Albane, dont il était devenu l'ami.

Éliane et Mika ne se séparèrent jamais, pas même quand la mulâtresse eut épousé Dodo.

— Vous n'avez pas connu, mes enfants, le bon Tannariez, ni Mika, ni Dodo : ils étaient morts avant votre naissance.

Mais moi, je suis celle qu'on appelait Éliane.

F. Grenier inv. et del.

Imp. Godard à Paris.

Le Bâton de Maréchal.

LE BATON DE MARÉCHAL

— Moi, qui suis un vieux soldat, dit le vieux grand-père, je ne sais rien pour les petites filles, et je n'ai que des récits de batailles à raconter aux petits garçons. Cependant que chacun s'approche. Aussi bien ceux qui s'amuseront moins aujourd'hui s'amuseront davantage demain, puisque, suivant nos conventions, chacun doit avoir son tour.

Et toute la petite société ayant pris place autour du colonel, celui-ci commença en ces termes :

UNE VOCATION

Je n'ai pas toujours eu soixante-dix ans, mes jeunes amis, ni ce visage amaigri, ni ces rares cheveux blancs, ni cette toux sèche qui me fatigue, ni cette grosse canne à bec de corbin sans l'aide de laquelle mes pauvres jambes refuseraient presque le service : j'ai été jeune, frais, rose, plein de vigueur et de santé comme vous; j'ai eu de longs cheveux bruns qui suffisaient seuls à me garantir du soleil et du froid; j'ai chanté et parlé comme vous, du matin au soir, jetant ma voix forte et sonore en mille éclats joyeux; je vous eusse défiés à la course, et j'eusse été le dernier à me fatiguer de vos jeux.

Mais il y a de cela bien longtemps!

Alors c'était le printemps.

Maintenant c'est l'hiver!

Vous vieillirez aussi, enfants, quoique maintenant vous ne le puissiez croire. De même aussi vous ne pouvez penser que ceux qui sont vieux à présent aient été jeunes comme vous.

Mais ce n'est pas de tout cela qu'il s'agit.

C'est une histoire que vous attendez; vos regards impatients me le disent assez.

Cette histoire, ce sera la mienne.

Je vais vous dire comment et pourquoi je me suis fait soldat.

Donc j'étais jeune, j'avais quinze ans; j'étais fort, grand et vigoureux. Il fallait voir comme je franchissais les fossés, comme je grimpais jusqu'aux cimes des arbres les plus élevés! — Ce que je ne vous conseille pas de faire, attendu que plus d'une fois j'ai manqué de me rompre le cou.

Mais dame! je n'étais pas un petit monsieur, moi! Je n'avais pas de beaux habits, ni de chauds abris pendant l'hiver, ni un lit doux et moelleux pour me reposer.

Vous, mes amis, le ciel vous a fait naître dans une heureuse condition; vous avez des parents qui peuvent pourvoir largement à tous vos besoins, et même parfois aller au-devant de vos fantaisies; qui peuvent surtout songer à votre avenir et vous assurer, par l'éducation, une carrière honorable et fructueuse.

Moi, j'étais le fils de pauvres paysans.

Mon père et ma mère, quoiqu'ils eussent bien travaillé durant toute leur vie, n'avaient pas un arpent de terre au soleil; la chaumière délabrée qu'ils habitaient ne leur appartenait même pas.

Les pauvres gens! Ils avaient élevé huit enfants que le bon Dieu leur avait envoyés; ils les avaient élevés avec bien de la peine. Moi, qui étais le dernier, et qui, hélas! suis resté le seul de tous, je me rappelle que, malgré les efforts, le courage et le labeur persévérant du père, de la mère et des aînés, le bois manquait bien souvent l'hiver, et que parfois même les morceaux de pain étaient bien petits, si petits, qu'un seul aurait facilement mangé la portion de tous.

Mais lequel d'entre nous aurait songé à se plaindre?... Ces jours-là, le père et la mère étaient tristes et ne soupaient pas.

C'était au commencement de l'Empire.

La guerre se chargea d'alléger les charges de la famille : elle enleva successivement les trois aînés; il ne resta au logis que quatre filles, et moi, le dernier-né.

— N'est-ce pas, Jean, que tu ne seras pas soldat? me disait souvent ma mère en me tenant embrassé et en mouillant mon visage de ses larmes; tandis que le père, assis auprès de l'âtre, les coudes sur les genoux, la tête dans les deux mains, songeait tristement à ses trois fils absents.

Mais moi, méchant enfant! je ne répondais rien à ma mère, et je me contentais de lui rendre ses caresses.

En ce temps-là, tout parlait de guerre et de victoire : la voix du canon grondait sans cesse en de lointains orages; on entendait partout des refrains mâles et énergiques, qui remuaient les cœurs et échauffaient les jeunes imaginations.

La guerre, c'était comme l'air que l'on respirait.

Les mères tremblaient et pleuraient; mais les fils voulaient être soldats.

Moi aussi, je voulais être soldat, soldat comme mes frères; c'était là mon unique vocation; rien autre chose ne me plaisait et ne me faisait envie, et j'attendais avec impatience le moment où, comme mes aînés, je pourrais quitter le pays.

En cela, j'étais un ingrat et un méchant; car, si j'eusse pensé sérieusement au chagrin que je causerais à ma mère, si bonne, si tendre, si dévouée, j'eusse fait tout autrement.

Une circonstance que je vais vous raconter vint ajouter encore à mes dispositions et à mes goûts et décider de ma vocation.

LE VIEUX BERGER

Il y avait, dans ce temps-là, un vieux berger qui gardait les troupeaux de tous les habitants du hameau.

On l'appelait le père Beaudoin. Il était si vieux, si vieux, que nul ne pouvait au juste dire son âge; on savait seulement qu'il avait vu naître tous ceux qui vivaient de son temps.

Malgré son grand âge, le père Beaudoin était encore plein de vigueur et de santé : nulle saison, nul temps, ni le froid, ni la neige, ni la pluie, ni les ardeurs de l'été, n'arrêtaient sa marche et ses courses de chaque jour aux environs du village; la nuit, il dormait au milieu des champs, dans une misérable hutte composée de quatre bouts de bois se réunissant en pointe et formant une sorte de pyramide, dont les intervalles étaient remplis par des mottes de terre appliquées les unes sur les autres.

Il me semble que je le vois encore, ce vieux père Beaudoin, et je puis vous décrire son costume : sous un grand manteau semblable à celui des rouliers, il portait une blouse de toile bleue; il avait aux jambes des guêtres également en toile, lesquelles, nouées au-dessus du genou et s'élargissant par le bas, venaient tomber sur des sabots ornés d'une peau de mouton et abondamment garnis de paille; un grand chapeau de feutre noir, que la pluie et le soleil avaient marbré de taches de toutes sortes, couvrait sa tête et complétait son costume.

J'allais oublier la croix, faite de deux brins de buis entrelacés, qui ornait toujours le

A. Hadamard inv et del.

Imp Godard à Paris.

Le Vieux Berger.

chapeau du père Beaudoin; et sa grande houlette, semblable à une lance de Cosaque; et son carnier, fait d'une peau de mouton, suspendu à son épaule par une large courroie de cuir dont on ne pouvait dire la couleur.

Ajoutez à cela une belle et imposante figure; une barbe blanche, longue et touffue, qui retombait jusque sur sa poitrine; et surtout des regards qui, habituellement pleins de douceur et de bonté, prenaient parfois une expression grave et sévère et semblaient aller chercher au fond de l'âme les plus secrètes pensées : et vous aurez, mes enfants, une idée du père Beaudoin, tel que me le retracent mes souvenirs.

Le vieux berger inspirait à tous les habitants du hameau, et surtout à nous autres enfants, un respect mêlé d'une sorte de terreur.

On disait tant de choses diverses sur son compte !

Les uns racontaient qu'il savait tout et que rien ne lui était inconnu; à en croire les autres, il leur avait prédit longtemps à l'avance tout ce qui leur était arrivé depuis; ceux-ci prétendaient qu'il avait des secrets merveilleux pour guérir les hommes et les bestiaux; ceux-là enfin allaient jusqu'à affirmer qu'il pouvait à son gré faire arriver du bien ou du mal à ses amis et à ses ennemis, et disaient tout bas qu'il était sorcier.

A propos du mot que je viens de prononcer, ne croyez jamais, mes chers enfants, à ces récits invraisemblables et absurdes qu'une foule de gens se plaisent à raconter. Souvenez-vous que rien n'arrive ici-bas que par la volonté du bon Dieu, que lui seul sait tout, le passé, le présent et l'avenir, et que lui seul a la toute-puissance.

Il n'y a jamais eu et il n'y aura jamais de sorciers.

Il y a des savants qui, à force de travail, arrivent à faire des choses extraordinaires, dont le vulgaire s'étonne, mais que l'on peut toujours expliquer à l'aide des lois de la nature et des principes de la science.

Il y a aussi des hommes qui s'habituent à réfléchir, à étudier tous les événements, à en rechercher les causes, et qui parviennent ainsi à une grande sagesse, fruit de l'âge, de l'expérience et du raisonnement.

Le père Beaudoin était sans doute un de ces derniers; il avait vécu plus longtemps que tous ceux qui l'entouraient; il en savait plus qu'eux, et voilà pourquoi on disait qu'il était sorcier.

Dans ce temps-là, je le croyais aussi, moi : d'aussi loin que j'apercevais le vieux berger, je me mettais à courir, de toute la vitesse de mes jambes, dans la direction opposée, jusqu'à ce que je l'eusse entièrement perdu de vue; et si parfois j'étais contraint de passer auprès de lui, je tenais mes yeux attachés sur le sol, pour ne pas rencontrer son regard.

Or il arriva qu'un jour mon père m'envoya auprès du père Beaudoin, afin de savoir de lui ce qu'il convenait de faire pour notre vache, qui était étendue dans l'étable et semblait sur le point de rendre son dernier souffle.

Malgré mes répugnances et mes terreurs, il fallut obéir.

Je trouvai le vieux berger si bienveillant et si bon, il me parla si doucement, et il me dit tant de choses nouvelles pour moi, que je changeai subitement de dispositions à son égard et que je résolus de le venir voir souvent.

A partir de ce moment, il ne se passa pour ainsi dire pas de jour que je n'allasse, soit seul, soit avec une de mes sœurs, à peu près du même âge que moi et la compagne préférée de mes jeux, rendre visite au père Beaudoin.

Celui-ci nous faisait asseoir à ses côtés, nous racontait toutes sortes d'histoires et nous permettait, à notre grand amusement, de jouer avec les petits agneaux du troupeau.

Ce qui nous étonnait, ma sœur et moi, c'est qu'il devinait toujours, en nous regardant, si nous avions été sages et si l'on était content de nous. Suivant les circonstances, il nous donnait des éloges et des encouragements, ou bien il nous adressait quelques reproches mêlés de sages conseils.

Je ne lui avais jamais raconté que je voulais être soldat.

— Père Beaudoin, lui dis-je un jour que nous étions auprès de lui, ma sœur et moi, on dit dans le hameau qu'il vous suffit de regarder la main de quelqu'un pour lui annoncèr ce qui lui arrivera ou ce qu'il fera.

— Oui, répondit-il en souriant, je sais qu'ils m'appellent le *sorcier*, parce qu'il arrive souvent que ma voix leur annonce quelque chose d'heureux ou de fâcheux...

Ils croient que ce sont mes paroles qui leur ont porté bonheur ou malheur... pas du tout, ce sont leurs actions.

Puis il ajouta :

— Si ça peut te faire plaisir, donne-moi ta main, mon garçon.

Il prit ma main ouverte et la considéra longtemps avec attention.

Toutes mes terreurs d'autrefois m'étaient revenues ; je tremblais de tous mes membres.

— Pourquoi trembles-tu ainsi? me dit le vieux berger... N'es-tu pas brave? Il faut l'être cependant quand on veut se faire soldat... C'est là ton désir... Tu seras soldat... Et même, tu deviendras peut-être quelque chose... maréchal de France... ou sergent.

A ces derniers mots, il laissa tomber ma main et se prit à rire joyeusement.

Mais, moi, je ne riais pas ; ma sœur non plus : l'effroi était peint sur nos visages.

A partir de ce jour, il me semblait toujours entendre ces paroles du père Beaudoin : « Tu seras soldat ; » elles me poursuivaient jusque dans mon sommeil et dans mes rêves.

Je ne faisais aucun doute que le vieux berger n'eût deviné l'avenir et que sa prédiction ne dût se réaliser de tous points.

LA GIBERNE DU SERGENT

Le petit hameau dans lequel je suis né, mes jeunes amis, est situé à quelques lieues de Lons-le-Saunier, près des montagnes, et traversé par une grande route qui se dirige du côté de la frontière suisse. Pauvre hameau dont le nom, dans le patois du pays, signifie *rude labeur!* Ce qui disait clairement que ses habitants n'avaient jamais été riches. Aujourd'hui les sept ou huit chaumières qui le composaient ont disparu pour faire place à une grande et belle ferme que je vous mènerai voir quelque jour, mes amis, si le bon Dieu le permet; je l'ai acquise en souvenir de mes parents, et j'espère qu'après moi elle sera conservée par l'un de vous.

Vint un moment, à l'époque de la campagne de Vienne, où la route était chaque jour sillonnée de soldats, fantassins et cavaliers, de convois de munitions, de chariots et d'artillerie.

Les pauvres gens du hameau étaient en grand émoi ; car souvent quelque détachement faisait halte : il fallait le loger et le nourrir.

C'était une fête continuelle pour moi et les jeunes garçons de mon âge. Nous ne quittions pas le bord de la route, allant de bivac en bivac, de soldat en soldat, écoutant les uns, interrogeant les autres, et nous familiarisant parfois jusqu'à essayer de porter sur nos épaules de lourds fusils qui les faisaient ployer.

Par une journée d'hiver de l'année 1805, un régiment tout entier venait de camper autour du hameau.

Les soldats, fatigués par une longue marche, s'étaient assis auprès de grands feux qu'ils avaient allumés ; quelques-uns dormaient, roulés dans leurs capotes ; d'autres jouaient aux cartes ou aux dés sur un tambour qui leur servait de table.

Tandis que les soldats s'arrangeaient de leur mieux au dehors, les officiers avaient cherché un abri dans les chaumières. Notre pauvre demeure avait été choisie par le colonel ; il s'y était installé au coin de la cheminée, s'efforçant de rassurer ma mère et mes sœurs, que sa présence avait singulièrement troublées. Quant à moi, les paupières dilatées, je passais en revue son brillant uniforme, son grand bonnet à poils, d'où pendaient toutes sortes d'ornements dorés, ses grosses épaulettes d'or, et sa longue épée ramenée entre ses genoux. Mais ce qui attirait surtout mon attention, c'était sa haute stature et son mâle et énergique visage, orné de longues moustaches noires qui descendaient jusque sur son hausse-col.

Il semblait s'amuser de ma curiosité naïve et souriait parfois ; mais, malgré ce sourire, quand son regard se fixait sur moi, je n'en pouvais soutenir l'éclat.

De grands cris et de joyeux éclats de voix vinrent tout à coup me tirer de ma contemplation.

Le bruit venait du dehors.

Je me hâtai de franchir le seuil de la porte et d'aller voir ce qui se passait.

C'était un amusant spectacle. Un jeune tambour, qui avait tout au plus quinze ans, et auprès duquel j'eusse pu certainement passer pour un grenadier, s'était emparé de Moustache, un bon chien, compagnon de mon enfance et de mes jeux, dont j'ai oublié de vous entretenir; laid, disgracieux, presque difforme, mais si intelligent et si dévoué, qu'il se faisait bien vite pardonner sa laideur. Le jeune tambour serrait Moustache entre ses genoux, et, tenant dans ses mains les deux pattes de devant du pauvre animal, en même temps que les baguettes, il battait sur la caisse toutes sortes de *ra* et de *fla*, de marches, de contre-marches et de roulements. Moustache aboyait, gémissait, hurlait, se démenait, faisait des sauts et des bonds, cherchait à s'échapper et même à mordre; tout était inutile : le petit tambour tenait bon, et le barbet continuait de battre la caisse, au grand contentement des vieux grognards, qui riaient et applaudissaient.

Je fus bientôt de la partie; et comme, à ma vue, Moustache par un effort suprême s'était débarrassé de ses oppresseurs et avait gagné au large, je le rappelai et lui fis exécuter, au milieu du cercle qui m'entourait, toutes sortes d'exercices et de tours que je lui avais patiemment appris, et dont il s'acquittait à merveille.

— Il faut venir avec nous, me dit le jeune tambour, qui s'appelait *Papillon;* tu emmèneras Moustache, dont nous compléterons l'éducation pendant la campagne; toi, je t'apprendrai à jouer de ce petit instrument-là, et tu verras quelle jolie musique ça fait quand il y a pour accompagnement le sifflement des balles et le grognement du canon.

— Je ne veux pas être tambour, répondis-je, je veux être soldat.

— Soldat! reprit un vieux sergent. Est-ce que tu aurais la force de porter le sac, le fourniment, sans oublier la clarinette de cinq pieds, un joli petit instrument aussi, qui joue toujours le même air, mais qui le joue vite et bien.

Et, ce disant, le vieux sergent, me toisant d'un air dédaigneux, faisait sauter et tourner son fusil entre ses deux mains.

— Tiens, petit, ajouta-t-il en faisant glisser sa giberne par devant, sais-tu ce que ça contient, ça?

— Parbleu! lui répondis-je, cela contient des cartouches.

— Des cartouches, c'est-à-dire des aliments d'une digestion facile et agréable, à l'usage de messieurs les Autrichiens, possible, mon jeune ami; mais il y a encore autre chose là dedans.

— Quoi donc? fis-je tout étonné.

— Il y a... il y a le bâton de maréchal! Tous tant que nous sommes, vois-tu, petit, depuis les voltigeurs, qui ne sont certes pas de beaux hommes, jusqu'aux grenadiers, qui peuvent passer à juste titre pour ce que la nature a créé de plus parfait, nous sommes appelés à devenir, chacun à notre tour, bien entendu, maréchal de France. L'Empereur le veut comme ça, et il nous a mis à chacun, avant de partir, un petit bâton grand comme rien dans notre giberne; à mesure qu'on devient caporal, sergent, sous-lieutenant, lieutenant, capitaine, etc., etc., le petit bâton grandit peu à peu; au grade de colonel, il emplit presque la giberne; à celui de général, il la crève et la traverse. Un beau jour l'Empereur passe sur son cheval blanc, avec sa redingote grise et son petit chapeau tout drôle. — « Il est temps de donner de l'air à ce bâton-là, vous crie-t-il; prenez-le dans votre main, maréchal! » — Et le tour est joué; on est maréchal de France, ce qui est beaucoup plus que caporal et sergent; et on a dans la main un beau petit bâton tout couvert de velours et de dorure, le *bâton de maréchal*, enfin.

— Et vous avez cela dans votre giberne?

— Vrai de vrai, aussi vrai que les Autrichiens seront battus à la première affaire.

— Laissez-moi voir un peu.

— A bas les mains! me dit le vieux sergent en donnant un léger coup sur mes doigts, qui s'avançaient impatients vers sa giberne; si tu en veux une pareille, va demander au colonel la permission de t'en venir avec nous.

— J'y vais de ce pas, répondis-je.

Je pensais à la prédiction du vieux berger.

Comme je me retournais du côté de la maison, j'aperçus le colonel; il était derrière nous et avait tout entendu. A sa vue, tous les grenadiers, qui riaient à qui mieux mieux des propos du vieux sergent, se levèrent et portèrent respectueusement la main à leur bonnet à poil.

Le colonel souriait aussi.

Cela me donna du courage.

— Colonel, lui dis-je, je veux être soldat et partir avec vous.

— Pour avoir la giberne et le petit bâton? me répondit-il en riant.

— Excusez, mon colonel, balbutia le sergent... histoire de passer le temps et de rire un peu.

— C'est selon : j'ai été soldat, moi, et me voilà colonel ; et j'espère bien, si une balle ne m'arrête pas en chemin, que je changerai encore mes épaulettes. Et vous pouvez tous faire comme moi, mes enfants ; car, vous le savez, avec l'Empereur le chemin est ouvert à tout le monde. A toi aussi, mon garçon, ajouta-t-il en se tournant vers moi et en me frappant sur l'épaule.

— Ah ! si mon père et ma mère voulaient me laisser partir ! répondis-je avec un gros soupir. Aussi bien ils feraient mieux de me laisser profiter de l'occasion, puisque bientôt mon tour viendra et qu'ils ne pourront m'empêcher d'être soldat.

— Allons, console-toi, me dit le colonel ; je vais essayer d'arranger l'affaire.

Et il s'en alla vers la chaumière.

Au bout de quelques instants, j'entendis la voix de mon père qui m'appelait. J'accourus tout tremblant.

Ma mère fondait en larmes et ne voulait rien entendre ; mais mon père avait cédé : le colonel lui avait promis de se charger de moi.

Une heure après, je partais avec le régiment.

WATERLOO

Je n'ai pas l'intention, mes amis, de vous faire connaître en détail ma vie de soldat. Plus tard je vous en raconterai peut-être quelques épisodes. Aujourd'hui il me suffira de vous dire qu'après avoir passé successivement de grade en grade et les avoir tous gagnés sur le champ de bataille, au bout de neuf ans j'étais colonel.

Colonel à vingt-cinq ans ! c'était beau, sans doute. Mais, dans ce temps-là, on avançait vite. La mort fauchait si vite aussi ! Les rangs s'éclaircissaient avec une effroyable rapidité ; officiers et soldats se renouvelaient tous les jours.

Il faut tout dire; je devais en grande partie mon avancement rapide à mon premier protecteur. Dans les nombreuses campagnes que j'ai faites, et j'ai fait presque toutes celles de l'Empire, jamais il ne voulut que je me séparasse de lui. Son affection pour moi augmentant de jour en jour, c'est lui qui m'apprit mon métier, et qui m'initia à toutes les connaissances sans lesquelles on peut rarement franchir les grades inférieurs.

Tenez, mes enfants, je suis bien vieux, il y a bien longtemps de cela, et cependant, quand je pense à lui, à ses bienfaits, à son affection, j'ai encore les yeux pleins de larmes et mon cœur se gonfle comme au jour où je le perdis.

C'était à Waterloo. — Triste journée pour nos armes ! Ce jour-là, l'Europe, ameutée contre nous, se vengea cruellement de toutes ses défaites.

Vous avez entendu parler, mes amis, de cette grande bataille où se décida le sort de l'Empire et où la France perdit le fruit de tant de victoires et de conquêtes. Vous connaissez cette héroïque résistance de la Garde, qui, seule, entourée d'ennemis innombrables, jura de se faire tuer plutôt que de se rendre.

J'étais là. Il y était aussi, lui !

Je commandais un régiment de grenadiers qui faisait partie de sa brigade. Il était général.

Par un singulier hasard, lui, moi, le jeune tambour et le vieux sergent dont je vous ai précédemment parlé, nous nous trouvions dans la mêlée à côté les uns des autres.

Papillon était devenu tambour-maître, sa taille exiguë l'ayant empêché d'arriver plus haut et d'aspirer au poste élevé de tambour-major.

Quant au vieux sergent, je n'avais jamais pu le décider à apprendre à lire; aussi il n'y avait pas eu moyen d'en faire un officier.

On se battait avec acharnement, avec ce suprême courage que donne le désespoir. Les balles sifflaient autour de nous; d'horribles bordées de mitraille enlevaient à chaque instant des rangs entiers; le sol était jonché de cadavres : c'était comme une muraille humaine à l'abri de laquelle nous combattions toujours.

Et nous étions là tous les quatre, Papillon battant la charge comme un forcené sur la caisse d'un pauvre tambour qui venait d'être tué, le vieux sergent brûlant ses dernières cartouches en mâchant sa moustache, le général et moi combattant à pied, après avoir eu nos chevaux tués sous nous.

Tout à coup Papillon, la poitrine traversée par une balle, tombe pour ne plus se relever. Presque au même instant le vieux sergent est atteint mortellement par un boulet.

— Adieu, colonel, me dit-il; voilà ma dernière blessure... Souvenez-vous du bâton de maréchal... J'ai eu une bonne idée tout de même ce jour-là... Dame! vous êtes déjà colonel!... Et qui sait?... Pourvu qu'un boulet ne vous coupe pas l'avancement!

Il n'en put dire davantage. Je serrai avec effusion la main qu'il me tendit par un effort suprême. Puis il retomba inerte à mes pieds.

— Voilà deux braves de moins, m'écriai-je en regardant le général.

— Qui sait? me répondit-il tristement, notre tour viendra peut-être bientôt. ....

Il n'avait pas achevé ces paroles, qu'il tombe lui-même, frappé à la tête par un éclat d'obus.

Je me précipite, je le reçois dans mes bras, j'étanche le sang qui s'échappe à flots de sa blessure.

— Tout est fini, me dit-il; je sens bien que je n'en reviendrai pas. D'ailleurs, mieux vaut mourir que de tomber mutilé entre les mains de l'ennemi. La mort sur le champ de bataille, c'est une mort glorieuse et belle pour le soldat. J'avais le pressentiment de ce qui m'arrive.

Tenez, ajouta-t-il en entr'ouvrant son uniforme et en retirant un papier cacheté qui était placé sur sa poitrine, voici mes dernières volontés; c'est vous, mon ami, mon protégé, presque mon enfant, que je charge de les transmettre à ma femme et à ma fille. Si vous avez de la reconnaissance et de l'affection pour moi, j'ai une promesse à vous demander avant de mourir.

— Laquelle? mon bienfaiteur. Je jure à l'avance de faire tout ce que vous exigerez de moi.

— Eh bien, jurez-moi, si l'Empereur, comme je le crains, succombe devant l'Europe, jurez-moi de briser votre épée et de ne jamais vous en servir pour un autre que pour lui.

— Je vous le jure! m'écriai-je.

— C'est bien! Merci. Je meurs content. Dans ce cas, mon ami, si mes craintes se réalisent, vous verrez qu'en exigeant de vous ce serment j'ai cherché à vous assurer un dédommagement. Tenez, ajouta-t-il en me présentant le papier, vous trouverez là-dedans votre bâton de maréchal. Prenez, mon enfant.

En prononçant cette dernière parole, sa voix avait pris une inflexion plus douce et plus affectueuse.

Il voulut continuer à me parler encore; mais les forces et la vie l'abandonnaient peu à peu. Au bout de quelques instants d'horribles souffrances, il rendit le dernier soupir entre mes bras.

Je ne suivrai pas plus longtemps, mes chers amis, cette scène de deuil et de carnage.

J'échappai à ce terrible désastre, puisqu'après tant d'années me voici encore au milieu de vous. Attaché jusqu'à la fin à la fortune de l'Empereur, je tins fidèlement la promesse que j'avais faite à mon bienfaiteur.

Mais il est temps de vous faire connaître ce que contenait la lettre qu'il m'avait remise à ses derniers instants.

Je ne vous ai pas dit précédemment, mes amis, que le général, dans les rares intervalles que nous laissait la guerre, m'avait souvent emmené dans sa famille. Cette famille se composait de sa femme, riche créole qu'il avait épousée presque au début de sa carrière militaire, et d'une fille âgée de dix-huit ans, pleine de vertus et de talents, et d'une beauté accomplie.

La femme de mon général, c'est votre aïeule, qui est là au milieu de nous, si gaie, si vive, si alerte encore, malgré ses quatre-vingts ans bien comptés.

Sa fille, c'est votre grand'mère.

La lettre contenait la dernière volonté du général, me donnant à moi, pauvre et obscur, à moi fils de simples paysans, sa fille jeune, riche, belle, sa fille enviée et admirée par tous.

Et voilà, mes enfants, quel fut mon *bâton de maréchal.*

A. Hadamard inv. et del.

Imp. Godard à Paris.

La Fée des Roseaux.

LA FÉE DES ROSEAUX

LA FORÊT-NOIRE

La grand'mère raconta ce qui suit :

— Vous avez entendu parler, mes chers petits enfants, de la Forêt-Noire. On appelle ainsi un pays entouré par de vastes chaînes de montagnes, qui s'étendent sur les bords du Rhin, dans le royaume de Wurtemberg et dans le grand-duché de Bade.

Il y a une dizaine d'années, j'ai parcouru tous les sites de la Forêt-Noire, en compagnie de votre grand-père. Je puis donc, en rassemblant mes souvenirs, vous donner quelques détails sur cette contrée si pittoresque et si curieuse. Je vous dirai ensuite une histoire que j'ai recueillie sur les lieux mêmes où les faits se sont accomplis.

Vous ne sauriez vous faire une idée, mes chers enfants, de l'aspect sauvage et étrange de ce pays : ici, on trouve des forêts immenses, pleines d'ombre et de mystère, formées de chênes gigantesques ou de sapins et de mélèzes au feuillage sombre, qui s'étendent et serpentent en lignes noires sur le flanc des montagnes; là c'est un terrain aride et désert, une nature désolée, au milieu de laquelle d'immenses rocs de granit élèvent leurs fronts chauves jusque dans les airs; ailleurs c'est un lac immense dont l'onde pure et blanche étincelle au soleil comme un miroir d'argent; plus loin apparaissent des vallées riches et fertiles, des prairies verdoyantes, coupées çà et là par mille filets d'eau; plus loin encore, une cascade à l'onde blanchie d'écume tombe avec un doux murmure sur un tapis de mousse fine ou sur un sable léger tout scintillant de paillettes d'or.

Presque partout on rencontre dans ces lieux si variés d'aspect, si pleins d'objets imprévus qui surprennent et charment les regards, la solitude, qui permet de les admirer davantage; nul bruit, nul mouvement, ne viennent troubler l'attention du voyageur.

Dans certaines parties de la Forêt-Noire, il n'y a point de villes, pas même de villages; à moins que l'on ne veuille donner ce nom à quelques agglomérations de sept ou huit maisons au plus, au milieu desquelles se trouve une auberge. Çà et là on aperçoit, suspendus au flanc de la montagne, ou perdus comme des nids d'orfraie dans le fond des vallées, des chalets isolés ou des fermes solitaires; parfois, au plus profond de la forêt, on est tout surpris de rencontrer, adossée au tronc d'un vieux chêne et protégée par son feuillage, une pauvre cabane, faite de planches de sapin.

Dans ces vastes solitudes de la Forêt-Noire, des pâtres, des cultivateurs, des charbonniers, des bûcherons, vivent et travaillent toute l'année; population honnête, laborieuse, hospitalière, qui vit à l'écart et qui a peu de rapports avec les contrées et les villes voisines.

Du côté de Furtwangen et de Triberg, la population présente un autre aspect; chacune des habitations de ces charmantes villes est une sorte de fabrique ou d'atelier, où toute la famille, hommes et femmes, vieillards et enfants, travaillent patiemment pendant l'année à confectionner mille objets divers, taillés dans le buis ou le sapin : couteaux à papier, petits étuis, couverts de bois ciselé, boîtes et coffrets de toute sorte, chalets en miniature où rien ne manque, pas même les carreaux de cristal, casse-noisettes étranges et fantastiques, jouets de toute espèce et de toute grandeur, les uns simples et destinés à l'enfant du pauvre, les autres plus compliqués, pleins de merveilleux secrets, pour l'enfant du riche.

C'est encore là que se fabriquent ces horloges de bois que l'on désigne vulgairement sous le nom de *coucous* et qui présentent souvent les combinaisons les plus ingénieuses : tantôt c'est un coucou; placé au sommet du cadran, il agite ses ailes quand l'heure va sonner; tantôt c'est un petit oiseau qui chante en sautillant; ou bien un forgeron qui vient frapper l'heure sur un timbre; ou bien encore un petit bonhomme de bois qui ouvre ses persiennes et a l'air de vous regarder avec des yeux à moitié endormis.

Ajoutez à cette horlogerie les orgues et les boîtes à musique, sans oublier la fabrication des sabots et des chapeaux de paille, et vous aurez une idée de l'industrie de Furtwangen et de Triberg, et on peut même dire de toute la Forêt-Noire; car, pendant les journées et les soirées d'hiver, alors que tous les autres travaux sont devenus impraticables, et que les génisses beuglent d'ennui, enfermées dans leurs étables, pâtres, laboureurs, bûcherons, charbonniers, tous travaillent à la confection des différents objets que je viens d'énumérer.

A un moment donné, des marchands parcourent la contrée, achètent à bas prix ces charmantes petites fantaisies et les emportent au loin pour en tirer bon profit.

Si la Forêt-Noire est remarquable par ses sites variés et par son industrie, elle ne l'est pas moins par les costumes de ses habitants. Chaque endroit a le sien, et la plupart sont très-pittoresques, surtout ceux des femmes. Dans le *val d'Enfer*, dont je vais vous parler tout à l'heure, les femmes sont coiffées de chapeaux d'osier, hauts de forme et à bords petits et relevés; elles portent des jupes courtes en serge verte ou en gros velours noir, laissant à découvert le bas de la jambe; elles sont chaussées de bas de laine rouges et de petits souliers à boucles brillantes. Parfois elles ont les jambes et les pieds nus, comme dans le Tyrol. A Triberg, les femmes portent de larges bonnets brodés et de longues robes d'indienne; dans la vallée de Schappach, elles sont coiffées de bonnets noirs surchargés de pompons rouges, qui laissent échapper par derrière leurs cheveux tressés en longues nattes.

LE LAC DE MUMMEL ET SES LÉGENDES

En venant de France, on entre dans la Forêt-Noire par Freiberg ou Fribourg en Brisgau, qu'il ne faut pas confondre avec le Fribourg, chef-lieu d'un des cantons de la Suisse. Celui dont je vous parle est une jolie petite ville du grand-duché de Bade, adossée aux montagnes et dans une situation charmante; il a des rues propres et spacieuses, de beaux édifices dont le plus remarquable est une église bâtie sur les dessins d'Erwin de Steinbach, l'architecte de la célèbre cathédrale de Strasbourg; de plus, il possède une université qui est une des plus anciennes et des plus renommées de l'Allemagne. C'est sous les murs de cette ville que Condé remporta, en 1644, une grande victoire sur les Impériaux.

Après avoir dépassé Freiberg, on entre dans des plaines magnifiques, coupées çà et là par de petits bouquets de bois, arrosées par des ruisseaux qui se croisent dans tous les sens et y entretiennent une agréable fraîcheur. On a donné à ce lieu charmant le nom de *Paradis*. Cette dénomination ne vient pas seulement de la fécondité et du riant aspect de cette plaine, mais bien de ce qu'après l'avoir traversée on arrive tout à coup dans les montagnes, et que l'on passe sans aucune espèce de transition dans une contrée sauvage et déserte, dépourvue de végétation, formant une sorte de vallon ou plutôt de précipice resserré entre des rochers à pic que domine le vieux manoir de Falkenstein : c'est ce que l'on appelle le *Val d'Enfer*.

A la suite du Val d'Enfer commence, à proprement parler, la Forêt-Noire.

Prenons sur la gauche, comme si nous voulions nous diriger du côté de Baden-Baden.

Après avoir gravi successivement différentes chaînes de collines, nous arrivons à une montagne élevée qu'on nomme l'Herrenwieser-Berg; son sommet nu et dépouillé nous apparaît couvert de neige et renvoyant au soleil, comme un immense miroir, tous les rayons de feu qu'il en reçoit.

Presque à mi-côte, et en inclinant vers le sud-ouest, la montagne se divise et présente au regard un immense vallon, au milieu duquel se déploie un lac à l'aspect fantastique ; la montagne l'entoure en formant comme une sorte d'amphithéâtre ; une végétation étrange, des arbres et des plantes qui ne ressemblent en rien à ceux des autres climats, garnissent ses bords ; d'énormes roseaux, à la tige droite et élevée, aux feuilles longues et retombantes, surgissent de ses ondes noires et sombres, qui, protégées contre le souffle du vent par les hauteurs voisines, restent immobiles et comme plongées dans un éternel sommeil.

C'est le lac de Mummel, ou de la *Nixe*, c'est-à-dire de la Fée. Ce nom se rattache à une foule de légendes populaires. Suivant ces légendes, le lac était habité autrefois par de bonnes fées qui se plaisaient à faire du bien aux hommes, et rendaient mille services à tous les paysans des alentours. Mais, si elles protégeaient les bons, elles punissaient aussi les méchants, de sorte que toute la contrée voisine était renommée pour les vertus de ses habitants.

Au temps du règne de ces fées bienfaisantes, s'élevaient aux deux extrémités du lac deux manoirs gothiques, dont l'un s'appelait le *Château du Lac* et l'autre la *Tête-Noire*.

On voit encore aujourd'hui les ruines de ces châteaux, dispersées au bord des eaux, parmi les ronces et les arbousiers.

— Mais je m'aperçois, mes enfants, ajouta la grand'mère, à vos petites mines impatientes, que vous attendez toujours mon histoire, et qu'il est temps de mettre un terme à toutes mes descriptions.

Écoutez donc cette histoire, qu'un vieux pâtre m'a contée, sur les ruines du château de la *Tête-Noire*.

LES ENFANTS AU BORD DU LAC

Il y a de cela bien longtemps, une jeune fille de quatorze à quinze ans et deux petits enfants, un jeune garçon d'une dizaine d'années et une petite fille qui en avait à peine six, arrivèrent un matin près du lac de Mummel.

Ils marchaient se tenant par la main, la sœur aînée guidant les deux plus petits.

Quand ils furent tout au bord du lac, la jeune fille tira d'un panier qu'elle portait suspendu à son bras un morceau de pain noir, si sec et si dur, que ce fut avec bien de la peine qu'elle réussit à en faire trois parts; elle en donna une à chacun des enfants et se réserva la plus petite. Puis elle s'assit, tira de son panier une petite botte de brins de paille d'égale longueur, et se mit en devoir de commencer à tresser un chapeau.

Quant aux petits enfants, à peine eurent-ils reçu leur morceau de pain, qu'ils s'en allèrent courir sur les bords du lac, semblables à de petits oiseaux joyeux, cueillant les fruits bleus de la myrtille, les bruyères roses et les larges fleurs d'or de la bétoine. Le pain mangé, la moisson achevée, ils s'en revinrent vers leur sœur, les bras tout embarrassés d'une charge de fleurs, au milieu desquelles apparaissaient leurs têtes blondes et rieuses.

La sœur aînée ne les entendit pas venir : absorbée dans de tristes pensées, la tête inclinée sur son ouvrage, elle pleurait silencieusement; auprès d'elle était le morceau de pain, auquel elle n'avait pas encore touché.

— Tu pleures, Kat! dit le petit garçon.

Et, laissant rouler son bouquet à ses pieds, il enlaça de ses deux bras le cou de sa sœur.

La petite fille ne tarda pas à se joindre à son frère, et tous deux prodiguèrent à leur aînée les plus tendres caresses.

— Oui, dit celle-ci, vous êtes de bons petits enfants, Frantz et Marie, et je vous aime bien tous les deux ; je voudrais bien vous voir heureux et faire en sorte que vous ne manquiez de rien.

—Mais nous ne manquons de rien, petite sœur, répondit Frantz ; nous avons de bons vêtements que tu raccommodes avec autant de soin que notre bonne mère quand elle vivait.

— Et nous recevons chaque matin notre morceau de pain noir, comme au temps où le père était avec nous, ajouta Marie.

— Oui, chers petits anges, jusqu'ici j'ai pu suffire à tout ; chaque jour je faisais un chapeau de paille et je le vendais au vieux Fridolin ; mais Fridolin est mort hier, et je ne connais personne maintenant qui veuille m'acheter mes chapeaux ; de sorte que je ne sais si demain le pain ne manquera pas à la maison, et s'il ne nous faudra pas aller mendier de porte en porte, auprès des habitants de ce pays, qui sont presque tous aussi pauvres que nous.

— Que nous sommes malheureux, s'écria la petite Marie, que notre bonne mère nous ait quittés pour s'en aller avec le bon Dieu !

— Et que notre père ait été contraint de suivre à la guerre le seigneur de Reysburg ! ajouta Frantz.

— Ce sont, en effet, de bien grands malheurs pour nous, répondit Kat. Nous étions si heureux avant l'annonce de cette guerre ! Notre mère nous soignait avec tendresse, notre père subvenait par son travail à tous nos besoins ; on n'entendait chez nous que des chants joyeux et des paroles de bonheur. Mais un jour tout cela a bien changé : notre père est parti pour la guerre ; bientôt après notre mère est tombée malade de chagrin ; et nous voilà seuls !...

Les trois enfants restèrent silencieux et confondirent leurs larmes.

— Kat, dit Frantz au bout de quelques instants, si tu nous montrais à faire des chapeaux; au lieu de cueillir des fleurs et de jouer tout le jour, nous pourrions t'aider, Marie et moi, et peut-être gagnerions-nous assez pour ne pas être obligés de mendier.

— Oh ! moi, je travaillerai tout le jour sans lever les yeux ! s'écria Marie.

— Chers amis, je ne demande pas mieux que de vous laisser essayer ; mais il se passera bien du temps encore avant que vous soyez devenus assez habiles pour gagner quelque argent.

Les deux petits enfants s'assirent à côté de leur sœur aînée et se mirent à l'œuvre.

Il fallait voir avec quelle ardeur ils travaillaient, cherchant à assouplir et à tresser la paille avec leurs petites mains.

Kat les contemplait avec attendrissement, et, de temps en temps, elle leur donnait un baiser pour les récompenser et les encourager à mieux faire.

— Sœur, dit Frantz, as-tu entendu raconter ce qui est arrivé hier au vieux Trupdert ?

— Que lui est-il donc arrivé d'extraordinaire?

— Tu sais que tous ses fils sont partis à la guerre et qu'il est resté seul; or il paraît qu'il était bien malheureux, si malheureux, qu'il était demeuré tout un jour sans manger. Eh bien, il est venu au bord du lac, il s'est adressé à la bonne fée pour la prier de le tirer d'embarras; après quoi il s'est endormi; mais voilà qu'à son réveil il a trouvé auprès de lui un panier tout rempli de provisions.

— Et qui t'a raconté cela? demanda Kat.

— C'est lui-même, répondit Marie; il nous l'a dit hier, pendant que tu étais allée chez le vieux Fridolin. Et il a ajouté : « Vous êtes bien malheureux aussi, mes petits amis; faites comme moi, demandez du secours à la *Fée des Roseaux.* »

— Ah ! si cette bonne fée pouvait venir à notre aide ! s'écria Frantz.

LA BONNE FÉE

Frantz avait à peine achevé ces mots, que les roseaux s'entr'ouvrirent, au bord du lac, à quelque distance de l'endroit où les enfants étaient assis.

Au bruit provenant du froissement des tiges et des feuilles, Kat se leva tout effrayée.

Les enfants aperçurent alors une femme jeune et belle, vêtue d'une robe blanche, qui leur souriait doucement et les regardait avec bonté.

— Vous m'avez appelée, leur dit-elle d'une voix tendre et mélodieuse, me voici! Je sais que vous êtes bien affligés et bien malheureux, et je ne demande pas mieux que de venir à votre aide, parce que vous le méritez. Toi, Kat, tu es une bonne fille; tu t'efforces de remplacer, auprès de ces pauvres petits, leur mère qu'ils ont perdue et leur père qui a été contraint de les quitter; tu les soignes avec tendresse, et tu travailles pour eux tout le jour et souvent même la nuit. La mère de ces orphelins n'eût pas fait mieux, et elle doit se réjouir auprès du bon Dieu d'avoir une fille telle que toi. Vous, mes chers petits amis, vous aimez bien votre sœur et vous avez de bons sentiments dans le cœur. Ayez tous bon courage, mes enfants; la Providence, qui prend soin des petits oiseaux, ne vous abandonnera pas : c'est elle qui m'envoie vers vous. Chaque matin, venez ici et demandez selon vos besoins; du fond de ma retraite, je vous entendrai, et le lendemain, à pareille heure, vous trouverez sur la rive, à votre place accoutumée, ce que vous aurez souhaité la veille.

La voix avait à peine cessé de se faire entendre, que les roseaux se refermèrent doucement et que la fée disparut derrière le rideau de verdure.

Les trois enfants étaient restés muets de surprise et d'étonnement : Kat était debout; Frantz et Marie, assis et tenant entre leurs mains l'ouvrage commencé, fixaient leurs grands yeux bleus sur la blanche apparition; elle avait disparu depuis longtemps que leurs regards immobiles semblaient encore attachés sur elle.

Kat se remit la première de son trouble et dit aux petits enfants :

— Mettons-nous à genoux, chers anges, et remercions le bon Dieu.

Frantz et Marie, agenouillés à côté de leur sœur, répétèrent lentement et pieusement une prière que leur mère leur avait apprise.

— Chère petite sœur, dit Frantz, lorsque la prière fut achevée, tu vois bien que j'avais raison d'appeler à notre secours la *Fée des Roseaux.*

— Tu n'auras plus besoin de te tourmenter maintenant, ajouta Marie; la bonne fée nous donnera tout ce que nous lui demanderons.

— Demain, dit Frantz, nous trouverons peut-être ici une miche de pain blanc.

— Ou une bonne robe neuve, pour remplacer la mienne, que j'ai déchirée en passant dans les ronces.

— Ou une belle veste de velours avec laquelle j'irai le dimanche à la messe.

— Mieux que cela! s'écria la petite Marie en sautant d'aise et en frappant joyeusement dans ses deux mains; mieux que cela!... nous trouverons peut-être, pour notre sœur Kat, un beau jupon de serge verte, et de jolis souliers à boucles d'argent!

— C'est cela! c'est cela! s'écria Frantz.

Et les deux enfants se jetèrent au cou de leur sœur.

Kat souriait et pleurait en même temps; elle distribuait des baisers aux petites joues roses et entourait les deux enfants de ses bras.

— Allons! leur dit-elle, voici le soleil bien haut à l'horizon; Ketty, notre gentille chèvre, attend son déjeuner; faisons vite sa provision d'herbe fraîche et rentrons au logis.

En un clin d'œil, ils eurent arraché avec leurs petites mains beaucoup plus d'herbe qu'il n'en fallait pour la nourriture et la litière de Ketty.

Ils s'éloignèrent alors, chacun portant un fardeau approprié à ses forces.

LE MESSAGER

La fée ne manqua pas à sa promesse, et les enfants virent successivement tous leurs souhaits accomplis.

Marie eut la robe neuve, Frantz la veste de velours, et Kat la jupe de serge verte avec les souliers à boucles d'argent; sans oublier la miche de pain blanc, qui se renouvelait chaque matin.

La bonne fée allait même au-devant de leurs désirs et semblait deviner leurs besoins: tantôt c'était quelque objet qui manquait au pauvre ménage, tantôt un bon et chaud vêtement, tantôt même une de ces mille fantaisies qui plaisent aux enfants et qui servent à leurs jeux et à leurs plaisirs.

Tout allait au mieux et les pauvres orphelins ne craignaient plus la misère; ils ne demandaient plus au bon Dieu que de ramener leur père au plus vite; sans doute le pouvoir de la fée ne pouvait aller jusque-là, car chaque jour ils formaient le même souhait, et leur père ne revenait pas.

Sur ces entrefaites, voici ce qui arriva un soir dans le hameau.

Les femmes et les vieillards étaient assis à côté les uns des autres, les enfants jouaient entre eux, sur une sorte de place autour de laquelle étaient situées les sept ou huit cabanes qui formaient le hameau.

Tout à coup un soldat arrive, pâle, défait, épuisé de fatigue, les vêtements souillés de sang et de poussière.

On le reconnaît : c'est un des habitants du hameau, qui a suivi la bannière du comte de Reysburg.

Chacun accourt au-devant de lui; sa femme, ses enfants, l'ont reconnu les premiers et se précipitent dans ses bras; puis on l'environne, on l'accable de questions, celle-ci inquiète sur le sort d'un époux, celui-là sur le sort d'un fils, d'autres prononçant le nom d'un père ou d'un frère.

Or voici la nouvelle qu'il apportait, et qu'il était chargé de transmettre à la châtelaine de Reysburg, de la part du comte son mari.

A deux jours de là s'était livrée une grande bataille dans laquelle les ennemis avaient été complétement défaits. Le comte revenait vainqueur; mais ses partisans avaient fait des pertes nombreuses.

Alors il nomma les victimes, et, à chaque nom, c'étaient des cris et des sanglots qui s'élevaient de la foule.

Kat, tremblante d'inquiétude, tenant son frère et sa sœur par la main, n'osait adresser aucune question au messager. Elle attendait son tour.

Cependant le nom de son père n'avait pas été prononcé, et le soldat se disposait à se remettre en route pour aller s'acquitter de son message auprès de la châtelaine de Reysburg.

— Et mon père?... s'écria Kat, en s'élançant au-devant de lui.

— Pauvres orphelins ! murmura le soldat.

Et il reprit sa course, sans rien dire de plus.

Kat ne douta pas qu'un nouveau malheur ne fût venu les frapper.

— Oh ! notre père est mort, je le sais bien ! s'écria-t-elle avec une explosion de larmes et de sanglots.

Et elle s'enfuit vers sa demeure, entraînant avec elle les deux pauvres petits qui ne cessaient de répéter d'une voix déchirante :

— Notre père est mort !... notre père est mort !...

ESPÉRANCE

Ce fut une triste nuit que celle que passèrent les orphelins!

Longtemps ils pleurèrent ensemble; enfin le sommeil surprit les deux petits assis auprès de leur sœur et la tête appuyée sur ses genoux.

Kat pleura jusqu'à ce que le jour vînt et jusqu'à ce que les enfants se fussent éveillés.

Suivant leur coutume, ils se dirigèrent alors tous les trois vers les bords du lac.

Chemin faisant, ils rencontrèrent tous leurs voisins qui s'en allaient vers le château.

Le comte de Reysburg devait revenir ce jour-là avec sa troupe, et ceux des habitants qu'aucun malheur n'avait frappés s'en allaient au-devant de leurs pères, de leurs frères, de leurs amis.

Kat détourna tristement les regards et prit à travers la forêt pour ne plus rencontrer personne.

Arrivés auprès du lac, les enfants s'assirent; Kat leur distribua leur tâche, et tous trois se mirent à travailler, tristes et découragés, au milieu des petits oiseaux qui chantaient, des insectes qui bourdonnaient, des fleurs qui s'ouvraient joyeuses aux rayons du soleil levant, et des brins d'herbe dont les tiges chargées de perles de rosée étincelaient comme des diamants.

Ils demeurèrent ainsi pendant bien longtemps.

Enfin Frantz rompit le silence le premier.

— Si notre père n'était pas mort?... dit-il en attachant ses regards sur sa sœur!... Traubert n'a pas prononcé son nom.

— Mais non, petite sœur, ajouta Marie; j'en suis bien sûre, moi.

— Ah! chers petits, notre père a *été* tué, n'en doutez pas. Ne vous rappelez-vous pas comme Traubert nous a regardés tristement en prononçant ces mots : « Pauvres orphelins! »

— Espérez!... dit tout à coup une voix que les enfants reconnurent pour être celle de la fée.

Et, en même temps, la blanche apparition se montra de nouveau au milieu des roseaux.

— Kat, Frantz, Marie, ajouta la voix, ne savez-vous pas que tous les gens des pays d'alentour se portent au château de la *Tête-Noire*, au-devant du noble comte de Reysburg? N'avez-vous pas rencontré des vieillards, des femmes, des jeunes filles, des enfants en habits de fête?... Pourquoi restez-vous là tristes et désolés?

Ni Kat ni les enfants n'osaient répondre.

Cependant la fée avait des regards si pleins de bonté, que Kat s'enhardit un peu et balbutia ces quelques mots :

— Que pourrions-nous aller faire au milieu de cette foule joyeuse?... Ah! si notre père était au nombre de ceux qui reviennent avec notre seigneur et maître le comte de Reysburg, nous aussi nous serions allés gaiement vers le château!... Mais ne sommes-nous pas deux fois orphelins?...

— Espérez!... dit de nouveau la fée.

Puis elle ajouta :

— Allez, mes enfants, allez revêtir vos plus beaux habits : toi, Marie, ta robe neuve; toi, Frantz, ta veste de velours; et toi, Kat, ta jupe de serge et tes souliers à boucles brillantes. Puis venez au château.

— Y trouverons-nous notre père?.... dit Kat tristement.

— Espérez!... répéta la fée.

Et elle disparut derrière les roseaux.

LA CHATELAINE DE REYSBURG

Une heure après, Kat et les deux enfants se dirigeaient à leur tour vers le château. .

Lorsqu'ils y arrivèrent, ils en trouvèrent les abords remplis de monde ; il y avait là des gens de tous les pays environnants à plus de trois lieues à la ronde.

La seigneurie de Reysburg se composait de vastes domaines, et comptait de nombreux vassaux.

Le château de la Tête-Noire, vieux manoir féodal, situé à une des extrémités du lac de Mummel, était depuis fort peu de temps le séjour du comte, qui était venu s'y fixer avec sa jeune épouse une semaine seulement avant la guerre.

Peu de gens dans le pays connaissaient la châtelaine ; elle se tenait, disait-on, renfermée dans le manoir, attendant avec anxiété le retour de son époux.

Cependant le bruit des fanfares retentit au loin.

Bientôt on voit les étendards qui flottent et les armes qui étincellent au soleil.

Le comte s'avance suivi de sa vaillante troupe.

En même temps le pont-levis du manoir s'abaisse et donne passage à la châtelaine.

Vêtue de blanc et suivie de ses femmes et de ses serviteurs, elle marche au-devant du comte.

A sa vue, un cri s'échappe de la foule.

— C'est elle!... C'est la fée!

— La *Fée des Roseaux!* s'écrient à leur tour Kat et les deux enfants.

C'était, en effet, la jeune comtesse de Reysburg, qui, se faisant passer pour la fée du lac de Mummel, avait secouru pendant la guerre tous les pauvres de ses domaines.

La comtesse sourit doucement à Kat, à Frantz et à Marie ; puis elle leur fit signe de la suivre.

Le cortége du comte approchait. Bientôt on put le distinguer lui-même.

Mais quelle n'est pas la surprise des trois enfants!.... Cet homme qui se tient à côté du comte..... c'est leur père!.... Ils poussent un même cri de joie et s'élancent vers lui.

Or voilà ce qui s'était passé.

Pendant la bataille, le comte avait couru un grand danger; assailli par une troupe nombreuse, il était sur le point d'être fait prisonnier, lorsque Rudenz, le père de Kat, était venu à son aide et l'avait délivré.

Peu d'instants après, la bataille était gagnée.

Le comte demanda alors son libérateur; mais on le chercha vainement et on supposa qu'il était au nombre des morts.

C'est à cet instant que partit le premier messager.

Rudenz cependant n'était pas mort; il s'était laissé entraîner avec quelques cavaliers à la poursuite des fuyards, et il ne tarda pas à se présenter au comte, qui, pour récompense de son dévouement, lui donna, dès cet instant, l'intendance de tous ses domaines.

La comtesse avait appris ces nouveaux détails par un second messager qui était arrivé au château pendant la nuit.

Kat, Frantz et Marie vécurent heureux auprès de leur père, n'ayant plus rien à désirer, grâce aux bienfaits du comte et de la comtesse de Reysburg.

Les habitants du pays continuèrent à donner à la châtelaine le nom de *Fée des Roseaux.*

L'ORPHELINE DE BIARRITZ

DE BAYONNE A BIARRITZ

— Vous vous attendez peut-être, mes enfants, dit M. Biéville, capitaine de vaisseau et gendre du colonel, à ce que je vous raconte quelque naufrage célèbre, ou un de nos grands combats navals, ou même un de mes lointains voyages dans l'autre hémisphère. Telle n'est pas cependant mon intention, aujourd'hui du moins. Je vais, en rassemblant mes souvenirs, essayer de vous redire une touchante histoire, que j'ai entendu raconter par un des personnages qui y ont figuré.

Je me trouvais à Bayonne, il y a une douzaine d'années, lorsqu'il me prit fantaisie de visiter Biarritz et Saint-Jean-de-Luz.

F. Grenier inv. et del.

Imp Godard à Paris.

L'Orpheline de Biarritz.

Je partis donc un matin, au lever du soleil, sans vouloir écouter mon hôtesse, qui me recommandait de prendre un guide.

Vous verrez tout à l'heure que je fus sur le point de me repentir de ne pas l'avoir écoutée.

En sortant de Bayonne, on aperçoit bientôt, sur le sommet d'un vaste rocher qui borde la côte, les ruines d'une tour qui semble avoir appartenu à un vieux château gothique; puis un fanal qui sert de signe de reconnaissance aux vaisseaux pendant la nuit et pendant le jour; enfin deux croix qui dominent un ermitage suspendu comme un nid d'aigle au-dessus des vagues.

On dit que dans cet ermitage, aujourd'hui abandonné, vécut longtemps un pieux solitaire dont l'unique occupation était d'épier les nombreux naufrages qui rendent ces côtes si tristement célèbres, et de se dévouer pour le salut des pauvres marins.

Un jour, il trouva la mort en accomplissant sa sainte mission.

Depuis ce temps, nul n'est venu le remplacer.

En contournant la base du rocher, on découvre, au bout de quelques instants, la jolie bourgade de Biarritz, dont les habitations, entourées d'arbres verts, forment un groupe charmant, et ressemblent, au milieu de cette nature aride et sauvage, à une verte et fraîche oasis.

La position de Biarritz est des plus pittoresques. Le village est situé sur des bancs de rochers qui s'élèvent à près de quatre-vingts mètres au-dessus du niveau de la mer. Ces bancs de rochers, creusés de mille façons par les flots, entassés les uns sur les autres, présentent parfois les formes les plus bizarres et les plus étranges : ici, on dirait les ruines de quelque vieil édifice; là de hautes pyramides isolées; ailleurs les rochers s'écartent et forment des cavernes où les vagues s'engouffrent et se précipitent avec de sourds et longs mugissements.

On trouve, au pied des rochers, des grottes que tous les voyageurs ne manquent pas de visiter; mais il est dangereux de s'y rendre lorsque le temps est incertain, ou même à l'époque des fortes marées : souvent, au moment des orages, les vagues amoncelées envahissent tout à coup ces grottes; malheur alors à l'imprudent qui s'y est engagé malgré l'avis des pêcheurs de la côte!

L'une des grottes, la plus vaste, est célèbre par un accident de ce genre, arrivé il y a bien longtemps : deux jeunes gens y furent surpris par une tempête et y trouvèrent la mort. Les guides qui conduisent les voyageurs ne manquent jamais de leur raconter tout au long cette lugubre histoire.

Le village de Biarritz, vers lequel je me dirigeai après avoir exploré les grottes, est habité par une population de pêcheurs; on y trouve aussi un certain nombre d'auberges dont la présence est expliquée par le voisinage des bains de mer.

Les bains de Biarritz sont fort renommés et attirent un grand nombre d'étrangers, tant à cause de la pureté et de la fraîcheur de l'air que de la beauté de la plage.

LE VIEUX CORSAIRE

'avais passé la plus grande partie de la journée à visiter Biarritz. Il était environ cinq heures du soir quand je quittai ce village pour me diriger vers Saint-Jean-de-Luz. Je comptais arriver à cet endroit, distant de quatre lieues environ, avant la nuit : à cette époque de l'année, le jour ne finissait guère avant neuf heures, et je n'avais donc pas à craindre d'être surpris par l'obscurité.

Encore fallait-il cependant ne pas se tromper de route.

Malheureusement, après avoir quitté plusieurs fois les sentiers frayés, pour explorer les environs, je m'égarai. Tous mes efforts pour reconnaître le vrai chemin demeurèrent inutiles.

Le jour commençait à baisser, et j'étais fort menacé de passer la nuit à la belle étoile, lorsque, après une nouvelle tentative pour retrouver ma route, j'aperçus, non loin de la mer, qu'elle dominait, une élégante habitation. Dans l'intention de me renseigner sur la direction que je devais prendre, je portai mes pas de ce côté. Bientôt j'arrivai, par un petit sentier qui contournait la falaise, à la grille de l'habitation. Auprès de cette grille, sur un banc de pierre au-dessus duquel toutes sortes de plantes grimpantes formaient comme une espèce de berceau, deux vieillards étaient assis et semblaient causer doucement. L'un était un homme qui pouvait avoir l'âge de votre grand-père; son visage, encadré par de beaux cheveux blancs, avait une expression à la fois mâle et bienveillante; il portait une espèce de costume de marin, assez semblable à celui des capitaines de bâtiments corsaires au temps de la République ou de l'Empire. L'autre était une femme à peu près du même âge, vêtue comme les femmes des pêcheurs de Biarritz.

Au bruit de mes pas, le vieillard tourna la tête, et, dès qu'il m'eut aperçu, il se leva et vint à moi, son chapeau de toile cirée à la main. Quand je lui eus fait part, en quelques mots, de l'embarras dans lequel je me trouvais :

— Je vous indiquerai votre chemin demain, au grand jour, me dit-il; mais aujourd'hui, cette nuit du moins, vous êtes mon hôte.

Et, comme je faisais quelques difficultés pour accepter, il ajouta, en désignant du doigt mon costume d'officier de marine:

— Allons, mon jeune camarade, vous ne pouvez refuser l'hospitalité d'un vieux marin.

Puis, me prenant amicalement par le bras, il me présenta à la vieille dame que j'avais aperçue à ses côtés.

— Marie, lui dit-il doucement, voici un convive qui égayera un peu notre demeure; va veiller au souper, ma bonne Marie, tandis que notre hôte se reposera quelques instants sur ce banc, et que nous causerons ensemble, lui du présent et de ses projets d'avenir, moi du passé et de mes souvenirs.

La bonne vieille se retira, et nous restâmes seuls, le vieillard et moi, pendant une heure environ.

Ce fut durant cet espace de temps, après une douce et bonne causerie, qu'il me raconta l'histoire suivante.

PÉREZ ET MARIE

Il y a une soixantaine d'années vivait à Biarritz un pauvre pêcheur de la côte, qui s'appelait Pérez. Il avait perdu sa bonne ménagère et était resté avec une petite fille d'une dizaine d'années.

Marie, à l'âge où les autres enfants ne sont guère qu'un embarras pour leurs parents, était pour son père un aide et une compagne; outre qu'elle s'occupait avec zèle et intelligence des soins intérieurs du ménage et qu'elle veillait à ce que Pérez trouvât toujours le souper prêt et la table mise, elle l'aidait souvent dans ses travaux. On la voyait, près du pêcheur, tirer, à l'aide du langon, les coquillages de la vase, ou harponner dans le creux des rochers les langoustes et les crabes. C'était elle le plus souvent qui raccommodait les filets de son père; c'était elle aussi qui portait à Bayonne, pour le vendre, le produit de la pêche. Enfin elle était si douce, si laborieuse, si prévenante pour le pauvre Pérez, que celui-ci prenait son malheur avec plus de patience et remerciait le bon Dieu de toutes les qualités dont il avait doué son enfant.

Si Marie était une bonne et charmante enfant, Pérez, lui aussi, était un des hommes les plus braves et les plus dévoués de toutes les côtes du Béarn et du pays Basque.

Ces parages sont tristement célèbres par de nombreux naufrages; nulle part le golfe de Gascogne n'est battu de plus de tempêtes; dès que le temps devient gros, les vagues s'y amoncellent et y tourbillonnent avec une violence inouïe. Malheur au navire surpris par l'orage non loin de ces bords! Malheur à la barque qui ne peut gagner à temps une anse de refuge! La furie des flots les entraîne vers les récifs qui bordent ces côtes; ils viennent s'y briser après avoir vainement essayé de lutter contre les éléments et contre la mort.

Plein de courage et d'humanité, Pérez avait sauvé maintes fois, au péril de sa vie, plus d'un pauvre naufragé. Dès que la tempête menaçait, on le voyait accourir au rivage; debout au pied des rochers, tout près des vagues qui venaient se briser devant lui et le mouillaient de leur écume, il interrogeait l'horizon; apercevait-il quelque navire ballotté par la tourmente, il appelait ses compagnons, les animait du geste et de la voix, et, le premier, leur donnait l'exemple du dévouement.

La plupart du temps, Marie était à ses côtés, et, tandis que Pérez se préparait à descendre dans sa barque pour aller au secours des naufragés et à risquer sa vie pour sauver celle de ses semblables, l'enfant, agenouillée pieusement sur la grève, priait le ciel de détourner le danger.

Ah! c'est là, sur les côtes, parmi ces populations de pêcheurs, qu'il faut aller chercher le courage, le dévouement, l'abnégation! Que de traits sublimes, la plupart inconnus, pourraient redire tous ces rivages de l'Océan!

LA TEMPÊTE

Un soir, le souper était prêt depuis longtemps, et Marie attendait, dans la cabane, son père qui tardait à venir.

Pérez était parti depuis l'aurore pour la pêche. C'était le mois du terme, dur et pénible moment pour les pauvres gens dont le travail et les ressources suffisent avec peine à pourvoir aux besoins de chaque jour. Enfin Pérez arriva, ses rames sur l'épaule, et porteur d'un filet, lequel, vu son poids et son volume, semblait contenir une pêche abondante. Au bruit de ses pas, Marie sortit de la cabane et courut au-devant de lui; elle lui trouva l'air triste et préoccupé.

— Bon père, lui dit-elle lorsqu'elle l'eut embrassé avec effusion, je suis bien heureuse de te revoir; l'heure à laquelle tu reviens d'ordinaire était passée depuis longtemps, et j'étais tout inquiète. Mais qu'as-tu donc? Tu parais soucieux. Cependant la pêche a été bonne.

— Oui, mon enfant, répondit Pérez, la pêche a été bonne, meilleure que je ne l'espérais, et nous avons de quoi nous réjouir et remercier le bon Dieu, qui a béni ma peine et mon travail; mais vois-tu, là-bas, ce gros nuage noir qui apparaît à l'horizon?.....

Et, en disant ces mots, Pérez étendit le bras vers la mer.

— Eh bien, bon père?

— Eh bien, mon enfant, si j'en crois ma vieille expérience, nous aurons cette nuit une tempête comme on n'en a pas vu depuis longtemps sur ces côtes.

— Que le bon Dieu prenne pitié des pauvres gens qui sont sur la mer! s'écria la petite fille en se signant dévotement.

— Voilà ce qui me rend triste, Marie, ajouta Pérez : si encore la tempête éclatait pendant le jour, on pourrait peut-être essayer de porter secours à ceux qui y seront exposés; mais pendant la nuit, au milieu de l'obscurité, que faire?... il faudra les laisser périr!

Le souper ne dura pas longtemps; Pérez avait hâte de courir au rivage, à son poste d'observation. Marie l'y accompagna.

Les tristes prévisions du pêcheur ne tardèrent pas à se réaliser.

Tout annonçait un orage épouvantable. De distance en distance, le ciel, pur et calme quelques instants auparavant, était traversé par de gros nuages noirs qui semblaient chercher à se rejoindre, comme pour se heurter et se livrer bataille; bientôt tous ces nuages aux formes bizarres se réunirent en un point d'où ils s'étendirent ensuite, obscurcissant le ciel et dérobant les dernières clartés du crépuscule. L'atmosphère était chaude et lourde; on entendait le vent qui commençait à mugir sur les vagues, mêlant ses bruits sinistres aux cris d'effroi des oiseaux de mer.

De larges gouttes de pluie ne tardèrent pas à tomber, et, peu à peu, les vagues grossies refluèrent furieuses vers le rivage.

En cet instant, un éclair illumina l'horizon; à la lueur qu'il projeta, Pérez et sa fille crurent apercevoir dans le lointain un navire ballotté sur la mer.

— Père, as-tu vu, là-bas?... C'est un vaisseau!...

Un nouvel éclair vint sillonner la nue.

— C'est un trois-mâts, mon enfant; j'ai eu le temps de... Encore un éclair!... Ah! cette fois, j'ai parfaitement distingué sa forme et sa mâture. Malheur à lui si cette tempête continue!... Cette nuit la mer ne sera plus tenable... Et dire qu'il est impossible de les secourir!...

Cependant l'orage redoublait; les rafales de vent rasaient la mer avec une telle violence, que Marie, pour ne pas être renversée, était obligée de se retenir aux vêtements de son père. Les éclats du tonnerre roulaient avec fracas et se succédaient sans interruption; une pluie mêlée de grêle tombait du ciel en torrents impétueux; des lames énormes, soulevées par le vent du sud-ouest qui les chassait vers le rivage, heurtaient les rochers et rejaillissaient jusque sur le pêcheur et sur sa fille.

— Rentrons, mon enfant, dit Pérez : cette nuit, les hommes ne peuvent rien; ceux qui sont sur la mer n'ont de secours à espérer que de Dieu!

Et ils rentrèrent tristement dans leur demeure.

LE JEUNE NAUFRAGE

De mémoire d'homme on n'avait vu une semblable tempête sur les côtes du golfe de Gascogne.

A chaque instant, la cabane du pêcheur, ébranlée par le vent, semblait sur le point d'être renversée.

Quelle nuit, quelle horrible nuit pour Pérez et Marie!

Tantôt, à travers les vitres de l'unique fenêtre de la chaumière, ils interrogent du regard l'Océan illuminé par les terribles lueurs des éclairs; tantôt ils essayent de nouveau de sortir et d'aller sur le rivage; mais la violence de la tempête les contraint toujours de rentrer.

Parfois aussi ils s'agenouillent pieusement devant une image de celle qu'on appelle à juste titre la *Protectrice des naufragés*, et, roulant entre leurs doigts les grains de leurs chapelets, ils prient pour ceux qu'ils ne peuvent secourir.

Par intervalle, un bruit sourd se fait entendre, dominant les éclats du tonnerre et les mugissements du vent : c'est la voix du canon d'alarme!... c'est le vaisseau qui va périr et qui jette dans l'immensité son dernier cri de détresse et de désespoir!

Peu à peu le canon se tait, le tonnerre s'éloigne, le vent s'apaise, la pluie cesse.

Le calme renaît.

En même temps, les premières clartés de l'aube percent l'obscurité de la nuit.

Les nuages se sont dissipés; le jour se lève radieux.

Les vagues se sont apaisées, et c'est à peine si, aux premiers rayons du soleil, un léger souffle vient rider la surface de l'Océan.

Depuis longtemps Pérez et Marie ont volé vers le rivage.

Il n'y a pas à en douter, la nuit a été tristement fertile en naufrages : des débris de mâts, des lambeaux de voilure, des planches, des tonneaux, des épaves de toute sorte, arrivent sur la grève, apportés par les flots.

Tout à coup Marie pousse un cri : elle vient d'apercevoir à quelque distance un corps étendu sur la grève. Elle entraîne son père. Tous deux se précipitent.....

C'était un pauvre enfant de treize à quatorze ans au plus ; ses yeux étaient fermés, son visage était pâle et plein d'une suprême expression de tristesse, comme si sa dernière pensée avait été pour sa mère qu'il ne croyait plus revoir. Il portait le costume des matelots de la marine française.

— Pauvre enfant! Il est mort! dit Pérez en le contemplant douloureusement.

Marie s'est approchée du jeune naufragé; elle soulève sa tête entre ses deux mains; elle lave son visage sanglant et meurtri; elle le contemple avec anxiété; elle écoute sa respiration.

— Il vit!... il vit! s'écrie-t-elle.

Pérez s'est agenouillé à son tour; il pose sa main sur la poitrine de l'enfant : le cœur y bat encore.

Alors le père et la fille prodiguent au naufragé les soins les plus expérimentés et les plus dévoués.

Au bout de quelques instants, l'enfant commence à respirer; le sang colore de nouveau ses joues, il ouvre les yeux...

— Quel rêve ! quel affreux rêve !... dit le matelot. Et quel bon réveil ! ajoute-t-il en attachant sur ses bienfaiteurs des regards pleins de reconnaissance. Oh ! merci, mon Dieu ! je reverrai ma mère !... Et à vous aussi, merci ! à vous qui me rendez à la vie !

L'enfant veut se lever; mais il retombe, brisé par la fatigue.

Pérez le soulève dans ses bras et le porte dans sa cabane.

Là le jeune matelot leur raconte son naufrage.

Il faisait partie de l'équipage du vaisseau qu'ils avaient aperçu la veille; ce vaisseau, retardé dans sa marche par quelques avaries, avait été surpris par la tempête et jeté sur les rochers de la côte, où il s'était brisé. Une partie de l'équipage s'était emparée du canot et avait cherché à gagner la terre. Quant à lui, resté sur le bâtiment, il l'avait vu s'enfoncer peu à peu dans la mer; au dernier moment, il s'était accroché à une vergue et s'était senti porté sur les flots; ensuite il avait perdu connaissance et il ne se rappelait pas comment ni à quel moment il avait été jeté sur le rivage.

Huit jours s'écoulèrent, pendant lesquels Pierre, le jeune matelot, resta dans la cabane du pêcheur.

Pendant cet espace de temps, il s'était attaché de plus en plus à ses hôtes; c'était plus que de la reconnaissance, c'était une véritable affection qu'il ressentait pour Pérez et pour sa fille.

Cependant il était tout à fait rétabli; il ne pouvait rester plus longtemps à la charge du pêcheur; d'ailleurs, il avait appris qu'une partie de l'équipage de son bâtiment avait gagné Bayonne; il devait s'y rendre.

L'heure de la séparation et des adieux fut pénible pour tous.

— Je voudrais, disait Pierre, je voudrais vous rendre un jour ce que vous avez fait pour moi. Vous m'avez sauvé la vie, vous m'avez entouré de tendres soins... Ah ! si je pouvais jamais vous prouver ma reconnaissance !

Marie cherchait en vain à cacher de grosses larmes, et Pérez lui-même était tout attendri.

— C'est à vous surtout, bonne Marie, que je dois la vie, ajouta Pierre. Tenez... prenez cette croix d'or; c'est tout ce que je possède : ma mère elle-même l'avait suspendue à mon cou pour qu'elle me protégeât contre les dangers de la mer...

— Pourquoi, dit Pérez vivement, pourquoi vouloir nous enlever par ce présent tout le plaisir de notre bonne action?

— Ce n'est point un présent, c'est un souvenir que je vous laisse.

Et, plaçant la croix d'or dans la main de Marie, Pierre s'élança dans la direction de Bayonne.

Pérez et Marie le suivirent des yeux, aussi longtemps qu'ils purent l'apercevoir.

Le jeune matelot se retourna souvent, leur adressant de loin des gestes de remercîment et d'adieu.

LA CROIX D'OR

A l'extrémité de Bayonne, dans une rue sombre et déserte, une jeune fille est accoudée à l'unique fenêtre d'une pauvre mansarde.

Elle est vêtue de deuil, et la sombre couleur de ses vêtements fait ressortir la tristesse et la pâleur répandues sur son visage. Ses traits gardent l'empreinte des veilles et de la fatigue; on y trouve la trace des larmes.

Elle songe tristement, la tête appuyée dans ses deux mains, insensible à ce qui l'environne, seule avec sa douleur et ses amères pensées.

Cependant un rayon de soleil perce les nuages; il vient rendre visite à la pauvre mansarde; il jette ses reflets d'or sur le visage et sur les vêtements de la jeune fille.

Doux rayon de soleil, viens-tu comme un rayon d'espérance?

Deux coups réitérés, frappés à la porte de la jeune fille, la tirent de sa rêverie.

— Qui peut venir me visiter?... dit-elle. Ne suis-je pas seule au monde maintenant?...

Elle va ouvrir.

Une dame âgée se présente; elle s'assoit et fait signe à la jeune fille de se placer auprès d'elle.

— N'est-ce pas vous, mon enfant, dit-elle, qui avez vendu cette croix il y a deux jours?

En même temps elle lui montre une croix d'or.

— Ah! ma pauvre croix d'or! s'écrie la jeune fille; quel chagrin j'ai éprouvé d'être obligée de me séparer de toi!

Elle verse d'abondantes larmes.

La vieille dame lui prend les mains, lui parle, la console, lui prodigue d'affectueuses caresses. Puis elle ajoute :

— Vous vous appelez Marie?

— Comment savez-vous mon nom? dit la jeune fille.

— Je vous le dirai tout à l'heure, mon enfant; causons d'abord de vous et de votre père.

— Mon père! mon pauvre père!... il est mort!

La voix de la jeune fille est étouffée par les sanglots.

— Pauvre orpheline! dit la vieille dame au bout de quelques instants, confiez-moi vos malheurs, peut-être pourrai-je adoucir vos chagrins!

— Vous avez l'air bon et affectueux, madame; vous me parlez tendrement comme une mère parle à sa fille : on dirait que vous m'aimez...

— Si je vous aime!... je vous aime comme mon enfant.

— Vous me connaissez donc?

— Beaucoup et depuis longtemps.

— Mais, moi, je ne vous ai jamais vue... Qui donc êtes-vous?

— Qui je suis?... Vous souvient-il, mon enfant, d'un jeune matelot auquel vous avez sauvé la vie il y a dix ans?... Je suis sa mère!... Je suis la mère de Pierre!... Venez dans mes bras, vous à qui je dois mon enfant!...

Et la vieille dame, attirant à elle la jeune fille, la tint longtemps embrassée.

— Me ferez-vous, maintenant, dit-elle, le récit de vos malheurs?... Pourquoi avez-vous quitté votre chaumière de Biarritz?... Comment et depuis quand votre père est-il mort?

— Vous savez, madame, que mon père était un pauvre pêcheur, n'ayant d'autre fortune que son travail de chaque jour. Avec la santé, cette fortune-là en vaut bien une autre; aussi mon père et moi nous avons vécu heureux pendant de longues années. Mais il y a deux ans, à la suite d'une tempête pendant laquelle il avait exposé ses jours et arraché à la mort plusieurs victimes, mon père fut pris d'une maladie dont la cause était sans doute les fatigues qu'il avait éprouvées. Depuis ce jour il ne quitta plus le lit : c'était comme une sorte de langueur qui le consumait et minait peu à peu ses forces. Nos ressources furent bientôt épuisées. D'abord je pus subvenir à ses besoins en travaillant le jour et la nuit; mais mon travail devint insuffisant. Alors nous vendîmes la chaumière, et, avec le prix que nous en retirâmes, nous vécûmes ici dans cette chambre, jusqu'à ce qu'enfin il plut au bon Dieu de terminer les longues souffrances de mon père et de l'appeler à lui... Et moi, je restai orpheline!...

— Et la croix d'or?

— Mon père n'avait jamais voulu que je m'en séparasse. Souvent, dans de cruels moments de gêne, elle aurait été pour nous une précieuse ressource... Mais il disait qu'il ne voulait point en tirer d'argent, parce que cet argent serait comme un salaire qu'il ne voulait pas recevoir. Ce n'est qu'après sa mort, il y a deux jours seulement, après de longues hésitations, que je me suis décidée à vendre cette pauvre croix d'or à laquelle mon père et moi nous tenions tant!... C'était pour pouvoir porter le deuil de mon père que je l'ai vendue!... Ah! je suis bien sûre que celui qui me l'a donnée autrefois me pardonnerait de m'en être dessaisie.

La porte s'ouvrit et donna passage à un jeune homme qui portait un costume d'officier de marine.

Malgré dix ans écoulés, Marie a reconnu Pierre, le jeune naufragé.

Celui-ci s'approche d'elle.

— Marie, lui dit-il, bénissons la Providence qui a permis que je pusse vous retrouver au moyen de cette croix d'or! Depuis que je vous ai quittée, ma fortune a changé : de simple matelot, je suis devenu peu à peu capitaine d'un bâtiment corsaire; j'ai fait des prises considérables et je suis riche. Mon premier soin avait été de vous chercher, votre père et vous. Je n'ai rencontré dans la cabane de Biarritz que des visages inconnus, et nul n'a pu me dire ce que vous étiez devenus. Je désespérais de vous revoir jamais, lorsque ma mère a trouvé hier, chez un bijoutier de Bayonne, la croix d'or que vous aviez vendue la veille. C'est ainsi que nous sommes parvenus à savoir où vous demeuriez.

Puis, au bout de quelques instants, le jeune homme ajouta en se tournant vers sa mère :

— Bonne mère, demandez-lui si elle veut devenir votre enfant, et si elle veut, à ce titre, reprendre la croix d'or.

Marie, rouge et confuse, se jeta pour toute réponse entre les bras de la bonne dame.

— Vous avez deviné, ajouta le vieillard, que Pierre le corsaire, et Marie, l'orpheline de Biarritz, ne sont autres que les maîtres de cette demeure.

Vous voyez cette maison; je l'ai fait construire après mon union avec Marie, non loin de l'emplacement de la cabane de Pérez. Plus tard, nous avons pu acquérir cette cabane; nous l'avons conservée telle qu'elle était autrefois, et nous y passons souvent de longues heures, ma femme et moi, cherchant à oublier les années et à réchauffer nos cœurs au soleil du passé.

Tel fut, mes enfants, le récit du corsaire.

Je garderai longtemps le souvenir de la bonne et charmante hospitalité des deux vieillards.

LES PETITS ROBINSONS

FONTARABIE

La petite société s'attendait, ce soir-là, à un récit non moins intéressant que les précédents.

Le second des fils du colonel, M. Delmas, avait, en effet, annoncé qu'il prendrait la parole.

M. Delmas avait beaucoup voyagé, non-seulement en Europe, mais en Amérique et en Asie; il avait même pénétré dans la partie la plus reculée et la plus inaccessible des déserts de l'intérieur de l'Afrique.

Or, comme dit le bonhomme la Fontaine :

...... Quiconque a beaucoup vu
Doit avoir beaucoup retenu.

Il y avait donc tout lieu de compter, avec un tel narrateur, sur une soirée pleine d'intérêt.

A. Hadamard inv. et del.

Imp. Godard à Paris.

Les petits Robinsons.

En attendant l'arrivée de M. Delmas, les enfants causaient entre eux. L'un prétendait que le récit se passerait sur les bords du Mississipi ; l'autre, non moins savant, opinait pour les Peaux-Rouges ; celle-ci parlait de l'Inde et des bayadères ; celui-là des Chinois et des Chinoises ; les plus petits affirmaient en tremblant que bien certainement on leur dirait quelque chose des nègres qui sont tout noirs et des sauvages qui mangent les hommes.

La conversation s'animait, et tout le petit monde parlait à la fois, lorsque M. Delmas parut.

— Rassurez-vous, mes chers enfants, dit-il, je ne vous conterai pas d'histoires effrayantes, et je n'irai pas chercher bien loin le sujet de mon récit. Nous n'irons pas, ce soir du moins, plus loin que l'Espagne, et encore nous arrêterons-nous à la frontière.

C'est un beau pays que l'Espagne, mes chers enfants ; aucune contrée n'est plus fertile ni plus féconde en richesses de toutes sortes. Sans compter les productions les plus variées, qui y viennent presque sans culture, fruits, grains, vignes, arbres de toute espèce, la terre y renferme dans son sein des trésors nombreux, des mines d'argent et même d'or, du fer, de l'étain, du plomb, de beaux marbres, du granit, de l'albâtre, des pierres précieuses.

L'Espagne n'est pas moins curieuse par ses monuments et les souvenirs historiques qui s'y rencontrent à chaque pas. Combien de peuples s'y sont succédé! Ibères, Phéniciens, Visigoths, Arabes ; tous ont laissé dans ce pays des traces de leur passage.

Mais ce commencement est, je le vois, un peu sérieux pour vous. J'abrége donc, et j'arrive à l'histoire que vous attendez impatiemment.

Je ne puis cependant me dispenser de vous parler de Fontarabie, petite ville où, sur le point de repasser la frontière et de regagner la France, j'arrivai après un long et pittoresque voyage en Espagne. Ce voyage, je vous le raconterai plus tard, lorsque vous serez plus grands et plus instruits.

Fontarabie est une petite ville de deux mille habitants, située sur la rive gauche de la Bidassoa, à l'embouchure de ce fleuve dans le golfe de Gascogne ; elle a un petit port qui est peu fréquenté, à cause du voisinage de celui de Saint-Sébastien, plus vaste, plus commode et plus sûr.

De l'autre côté du golfe et de la Bidassoa, on voit la petite ville d'Andaye, autrefois plus importante qu'elle ne l'est aujourd'hui. Rien n'est singulier comme le double aspect de ces deux petites villes, se dressant l'une et l'autre à l'entrée du golfe et ressemblant de loin à deux sentinelles avancées au bord de la mer.

Un peu au-dessous de Fontarabie se trouve la petite ville espagnole d'Irun; là commence un pont jeté sur la Bidassoa et qui sert de communication entre l'Espagne et la France. Quand on est au milieu de ce pont, on a au-dessous de soi l'île des Faisans, dans laquelle Mazarin et don Louis de Haro tinrent, en 1659, de fameuses conférences qui eurent pour résultat un traité de paix et d'alliance entre la France et l'Espagne, dit le *Traité des Pyrénées*, et où fut conclu le mariage de Louis XIV avec l'infante Marie-Thérèse, fille du roi Philippe IV.

Mais je m'éloigne toujours de mon sujet.

Je venais d'entrer dans les murs de Fontarabie. J'y trouvai la population tout en émoi.

Hommes et femmes sortaient de leurs maisons, et, comme poussés par un sentiment de curiosité, se dirigeaient vers un même point.

Je fus bientôt au courant de ce qui les attirait ainsi, car ils s'appelaient les uns les autres en disant : « Venez voir la procession. »

Je suivis la foule, et j'arrivai sur la place principale de Fontarabie, située près du port, à quelque distance du fort Saint-Elne.

La procession s'avançait vers une vieille église dont le portail, d'architecture mauresque, s'ouvre sur la place. On voyait d'abord une longue file de jeunes filles, précédées par une haute bannière blanche sur laquelle était représentée la Madone avec son divin Enfant. Puis venaient des moines vêtus de longues robes brunes, le capuchon rabattu jusque sur le visage. A leur suite marchaient des prêtres en aube et en surplis. Enfin s'avançaient, séparés par un petit intervalle, un jeune garçon de treize ans environ et une petite fille qui pouvait en avoir dix; ils étaient pieds nus et la tête découverte, et tenaient chacun à la main un gros cierge de cire jaune : derrière eux venaient des hommes et des femmes, tenant également des cierges allumés, la plupart portant des costumes de pêcheurs et de marins.

La vue des deux enfants excita ma curiosité. J'interrogeai un de mes voisins, et il me raconta l'histoire qui va suivre.

Elle vous intéressera, j'en suis sûr, principalement à cause de l'âge des personnages qui y figurent.

Inès était le nom de la petite fille; Carlos, celui du jeune garçon. Leur père, un des plus riches habitants de Fontarabie, exerçait à la fois le métier de pêcheur et celui de contrebandier.

LA BARQUE

Par une belle journée de printemps, Inès et Carlos jouaient au bord de la mer.

Ils s'amusèrent longtemps à chercher dans le sable des coquillages et des poissons, et à détacher, à l'aide de leurs couteaux recourbés, les moules attachées aux rochers. La marée qui se retirait leur permettait de s'avancer peu à peu sur la grève. Ils arrivèrent ainsi en vue de la barque de leur père, amarrée au rivage.

— Inès, dit Carlos, si nous montions dans la barque : nous y trouverions des lignes et nous pourrions nous amuser à pêcher toutes sortes de petits poissons.

— Notre père nous l'a défendu, Carlos; il a dit qu'il pourrait nous arriver malheur.

— Mais personne ne nous verra; nous ne resterons que quelques instants. D'ailleurs, que crains-tu, ma petite Inès? la barque n'est-elle pas solidement attachée?... Allons, viens-tu, Inès?

— Je ne l'ose pas, Carlos.

— Petite peureuse! Allons, viens vite, avant que la marée se retire tout à fait et que la barque reste à sec!

Et Carlos entraîna par la main la petite fille encore indécise.

Tous deux se mirent à courir sur la grève, dans la direction de la barque, non toutefois sans retourner la tête de temps en temps pour voir si personne ne les observait. Enfin ils atteignirent le flot, qui se retirait. Carlos prit sa sœur dans ses bras, et, marchant résolûment dans l'eau, qui lui montait jusqu'aux genoux, il l'aida à monter dans la barque; puis il y monta lui-même.

Il fallait voir comme les deux petits désobéissants étaient heureux! Ils allaient, venaient, couraient de la poupe à la proue; prenant les lignes, soulevant les filets, jouant avec les rames.

La barque était à eux, c'était leur empire! Jamais corsaire, après un abordage, ne fut plus fier et plus joyeux de sa prise.

Parfois Carlos s'amusait à faire pencher brusquement la nacelle, tantôt d'un côté et tantôt de l'autre; Inès poussait des cris d'effroi, au grand contentement du jeune garçon, qui riait aux éclats de sa terreur.

Mais tout à coup, dans un de ces mouvements, la corde se détache du rivage, et la barque s'éloigne, entraînée par la marée.

Inès pleure et Carlos appelle à son aide. Mais les pleurs et les cris des deux enfants se perdent au milieu du bruit des vagues; personne ne les entend; personne ne vient à leur secours.

Carlos s'empare d'une longue perche pour repousser la barque vers la rive; déjà il ne trouve plus le fond. Il se saisit des rames et cherche à lutter contre les vagues; ses efforts sont impuissants.

Le vent s'élève et vient en aide à la marée; la barque s'éloigne de plus en plus; elle gagne la pleine mer, ballottée par les vagues qui grondent et mugissent : tantôt elle s'élève avec le flot, tantôt elle se précipite avec lui et semble sur le point d'être engloutie dans l'abîme.

Les deux enfants, glacés de terreur, se serrent l'un contre l'autre et s'attachent au banc des rameurs pour ne pas être entraînés par les lames, qui parfois les couvrent d'écume.

La mer est houleuse et agitée; de gros nuages noirs couvrent le ciel; un orage menace!

Que faire? que devenir?

Tantôt Carlos se lamente et se désespère : serrant sa petite sœur dans ses bras, il la couvre de baisers et de larmes et lui demande pardon de l'avoir entraînée dans un danger si grand. Tantôt, le regard plongé sur l'immense Océan, il cherche au loin s'il n'apercevra pas quelque navire ou quelque barque de pêcheur.

Mais ils sont seuls, seuls entre le ciel et l'onde! Nulle voile ne se montre; personne ne peut les secourir.

Alors les enfants se jettent à genoux au fond de la barque, et, répétant toutes les prières qu'ils ont apprises, ils implorent le bon Dieu et la Madone.

L'ILE DÉSERTE

Ils voguèrent ainsi longtemps, abandonnés à la merci des flots, qui toujours les éloignaient du rivage.

Bientôt la côte disparut à leurs regards.

Mais, au même instant, Carlos crut apercevoir comme une terre lointaine, dans la direction que prenait la barque.

Il se lève... il regarde... N'est-il pas le jouet d'un rêve ou d'une vaine illusion?... Non, ce sont bien des rochers qui se dressent devant lui. Ces rochers, il les connaît; son père lui en a parlé souvent : c'est une terre aride et inhabitée, où les barques des pêcheurs viennent souvent chercher un refuge par les gros temps.

S'il pouvait les atteindre!... peut-être trouverait-il plus tard quelque moyen de salut.

Il saisit les rames et redouble d'efforts. La barque approche peu à peu des rochers. Pourvu qu'elle ne vienne pas s'y briser!

Mais la Providence veille sur les deux enfants. C'est elle, elle sans doute, qui dirige le frêle esquif au milieu des écueils dont l'approche est si redoutable.

La barque s'engage dans un passage étroit. Carlos peut prendre terre; il s'élance, muni de la corde d'amarre. Bientôt la barque est solidement attachée. Inès peut descendre à son tour.

Les deux enfants se jettent dans les bras l'un de l'autre.

— Nous sommes sauvés, chère petite sœur! s'écrie Carlos; la Madone a entendu nos prières!

Alors, se prenant par la main, ils se mettent à parcourir l'île; ils la trouvent déserte et inhabitée : c'est un amas de rochers stériles et nus; aucun arbre, aucune trace de végétation ne s'offre aux regards.

A peine échappés à un premier danger, un nouveau péril, non moins grand, les menace. Que vont-ils devenir dans cette île? Où trouver un abri contre le froid de la nuit, contre l'orage qui menace toujours?

Le besoin et le sentiment du danger rendent l'homme industrieux; les enfants eux-mêmes obéissent à cet instinct de conservation.

Carlos s'aperçoit qu'Inès est transie par le froid; l'eau, qui tombe à torrents, a mouillé ses vêtements; la pauvre petite souffre et pleure. Alors il court à la barque; en plusieurs voyages, il en rapporte les voiles, les cordages, les rames, de longues perches, des planches; à l'aide de son couteau et de ses mains il creuse des trous dans le sable, il y enfonce les perches, en rejoint les extrémités, et, sur une corde transversale, il étend les filets et les voiles : avec les planches et les rames, il consolide le frêle édifice, afin que les rafales de vent ne viennent pas détruire en un instant ce qu'il a construit avec tant de peine. Il forme ainsi une espèce de tente adossée à la partie la plus élevée du rocher.

Inès, qui a aidé son frère dans ce rude labeur, se réfugie alors sous la tente; elle ne pleure plus, elle sourit doucement à Carlos et le remercie par de tendres baisers : désormais la voici à l'abri de la pluie et de l'orage.

Mais ce n'est pas tout encore; Carlos fait sur les rochers une ample provision de mousse et de varech; il l'apporte dans la tente et en forme un lit doux et moelleux pour sa petite sœur.

Cependant la faim commence à faire souffrir les deux enfants. Comment faire?... Ils courent à la barque et s'efforcent de découvrir quelques provisions oubliées; leurs recherches sont infructueuses, et ils s'en reviennent tristement.

Tout à coup Carlos pousse un cri de joie, il vient d'apercevoir un banc d'huîtres; il le montre à sa sœur : à l'aide de cette ressource inattendue, ils apaisent leur faim.

Cependant la nuit est venue peu à peu. Inès et Carlos regagnent leur tente; ils s'étendent sur la mousse, et bientôt ils cèdent au sommeil, non sans avoir longtemps reporté leur pensée vers leurs parents et sans avoir prié le bon Dieu de venir à leur secours et de les ramener près d'eux.

A peine les deux enfants sont-ils endormis, que l'orage redouble de violence : le tonnerre gronde avec fracas, les éclairs se succèdent sans interruption, la pluie tombe à flots, et le vent presse en mugissant les vagues, qui viennent furieuses se briser contre les rochers.

Comme Inès et Carlos auraient peur s'ils étaient éveillés!

Mais ils dorment; ils ignorent les dangers qui les menacent.

LES PAUVRES PARENTS

— Femme, les enfants tardent bien à revenir; l'heure du repas est cependant arrivée, et ils savent que je n'aime pas à attendre.

— C'est vrai, Pédro; il me semble qu'il y a longtemps qu'ils sont partis pour aller jouer sur le rivage.

— Je crois bien qu'il y a longtemps : une bonne demi-journée s'est écoulée depuis leur départ.

— Que peuvent-ils faire?

— Je vais les chercher, moi; et je leur parlerai de telle façon, qu'ils n'auront pas envie de recommencer.

— Ne les gronde pas trop fort, les pauvres petits! car tu sais qu'il ne leur arrive pas souvent de nous faire de la peine.

— C'est vrai; mais aussi pourquoi se font-ils attendre ainsi aujourd'hui?

— Allons! va à leur recherche, et ramène-les bien vite. Pendant ce temps, je vais mettre le couvert; tout sera prêt quand tu reviendras avec eux.

Le pêcheur sort, et se dirige vers le bord de la mer.

Pédro appelle ses enfants; aucune voix ne lui répond. Il promène ses regards sur la grève et n'aperçoit rien. Il parcourt le rivage, il interroge les pêcheurs; nul d'entre eux n'a vu Inès et Carlos.

— Peut-être, se dit-il, sont-ils revenus au logis depuis que je les cherche ici.

Et il retourne vers sa demeure.

De loin il aperçoit sa femme debout sur le seuil de la porte; les enfants ne sont pas auprès d'elle.

Carmen, de son côté, le voyant revenir seul, commence à ressentir une vive inquiétude; elle s'élance au-devant de son mari.

— Inès, Carlos, ne les as-tu pas vus? lui crie-t-elle.

— Je ne sais ce qu'ils sont devenus; j'ai parcouru vainement le rivage, les appelant et les demandant partout.

— Peut-être sont-ils allés à Fontarabie, chez leur tante?

— Mais celle-ci ne les aurait pas retenus aussi longtemps.

— C'est égal, Pédro, allons à Fontarabie; je suis mortellement inquiète; j'ai l'âme triste : il me semble qu'il est arrivé quelque malheur à nos enfants.

Le pêcheur et sa femme coururent à Fontarabie; ils allèrent chez leur sœur, chez tous leurs parents et amis : nul d'entre eux n'avait vu les deux enfants.

Pédro et Carmen regagnent leur demeure; Inès et Carlos n'y sont pas.

Cependant la nuit est venue, l'orage se déchaîne.

Pauvres parents! Tristement assis près du foyer, la porte entr'ouverte, ils écoutent si quelque bruit de pas ou de voix n'arrive pas jusqu'à leur oreille.

La nuit se passe ainsi dans la plus cruelle anxiété.

Pédro n'essaye pas de consoler et de rassurer sa femme, car une idée terrible lui est venue : sa barque était amarrée au rivage; si ses enfants y étaient montés malgré sa défense!... si la mer les avait emportés!...

A peine les premières lueurs du jour commencent-elles à se montrer, que Pédro s'élance vers le rivage.

Plus de barque!...

Alors il donne un libre cours à sa douleur et à son désespoir; assis au bord des flots, il sanglote, il pleure, il appelle ses enfants.

C'était l'heure du départ pour la pêche. Pédro est bientôt entouré; on le presse de questions; on apprend de lui le récit de son malheur.

— Où les chercher? s'écrie le malheureux père; la mer les aura engloutis, ou bien elle les aura entraînés au loin...

— Ami! dit un vieux pêcheur à barbe blanche, ne te hâte pas de te désespérer : si la barque n'a pas sombré, le vent qui soufflait hier et cette nuit les aura chassés directement vers l'île des Rochers; Carlos est intelligent, alerte et robuste; peut-être aura-t-il trouvé moyen d'aborder dans l'île.

Allons! ajoute le vieux pêcheur, nous penserons plus tard à la pêche; vite à la mer, et dirigeons-nous tous vers les différentes parties de l'île.

Et lui-même, entraînant Pédro, il le fait monter dans sa barque.

LE SIGNAL DE DÉTRESSE

Lorsque les deux enfants s'éveillèrent il faisait déjà grand jour; un soleil radieux brillait dans le ciel, et la mer, calme et unie comme un miroir, en réfléchissait les resplendissantes clartés.

La nature était belle et joyeuse.

Les deux pauvres enfants, les yeux encore à demi fermés, regardent autour d'eux avec étonnement. Sans doute un rêve heureux les avait reportés vers le foyer paternel, vers leur mère si tendre et si bonne.

Le réveil leur rappelle leur désobéissance et ses tristes suites.

Ils pleurent en s'embrassant; ils s'agenouillent ensemble et adressent au bon Dieu une fervente prière.

— Chère petite sœur, dit Carlos, si tu voulais, nous essayerions de regagner le rivage.

— Mais, Carlos, nous ne pourrons jamais diriger la barque.

— La mer est si calme, ce matin!... Nous ramerons tous les deux.

— Essayons.

Mais quel triste spectacle vient frapper leurs regards!... Les débris de la barque flottent entre les écueils, à la surface de la mer. Sans doute la violence du vent et de l'orage a brisé l'embarcation contre les rochers.

Privés de leur seul moyen de salut, que deviendront les deux pauvres petits?

Pressés par la faim, Inès et Carlos font une ample provision de moules et de coquillages et regagnent leur abri.

Quelques instants s'étaient écoulés; les deux enfants, assis l'un à côté de l'autre, fixaient sur l'horizon lointain des regards tristes et découragés.

Tout à coup Carlos se lève vivement.

— Vois-tu, là-bas, petite sœur? s'écrie-t-il.

— Une voile!... c'est une voile!... répond Inès. Oh! si elle pouvait se diriger de ce côté!

— Il me semble qu'elle approche et que je la vois plus distinctement.

— Mon Dieu! mon Dieu! s'écrie Inès en se jetant à genoux et en joignant les mains, faites que cette barque vienne à notre secours!

Carlos est debout sur la pointe du rocher; il tient à la main un morceau de voile, l'élève au-dessus de sa tête et le fait flotter dans l'air.

Plus de doute, le signal de détresse a été aperçu; la barque avance; bientôt même on peut apercevoir les deux hommes qui la montent.

Carlos pousse un cri de joie : dans l'un de ces deux pêcheurs, il a reconnu son père.

— Inès, c'est notre père lui-même!... Il vient nous chercher!...

Et les deux enfants vont au-devant de la barque.

Un instant après ils sont dans les bras de Pédro.

Celui-ci n'a pas la force de les gronder : il pleure de joie, il embrasse et il pardonne.

C'était pour remercier le ciel que la procession s'avançait par les rues de Fontarabie et se dirigeait vers l'église.

Carmen, après le départ de son mari, était venue dans le temple saint prier la Madone.

Elle venait maintenant la remercier avec ses enfants, qui lui étaient rendus.

La procession commençait à pénétrer dans la vieille église; et, tandis que les voûtes sonores retentissaient du chant mâle et grave des hommes, on entendait encore, sur la place, les voix tendres et douces des femmes et des petits enfants.

Et tous répétaient avec un même cœur et le même élan de reconnaissance et d'amour :

Ave, maris stella!
Je vous salue, étoile de la mer!

HISTOIRE D'UN AVEUGLE

DEVENU CÉLÈBRE

La jeune famille était rassemblée autour de madame Delmas. C'était à son tour de raconter une histoire.

Mais elle s'en défendait de son mieux, prétendant n'avoir rien à raconter.

Un vieil ami du colonel, qui était venu passer quelques jours au château, demanda à la remplacer.

A peine les enfants eurent-ils entendu cette proposition, qu'ils sautèrent de joie : ils savaient que M. d'Amvilliers avait écrit pour la jeunesse un grand nombre d'ouvrages instructifs et amusants; aussi se hâtèrent-ils de l'entourer et de lui demander la réalisation immédiate de sa promesse.

M. d'Amvilliers, souriant de l'empressement de ses jeunes auditeurs, se rendit à leurs vœux.

— Je vais vous raconter, leur dit-il, une histoire vraie : l'histoire d'un aveugle devenu célèbre. Celui qui va me fournir le sujet de cette histoire est un de mes plus anciens et de mes meilleurs amis; nul mieux que moi ne connaît dans ses moindres détails sa vie si intéressante et si pleine d'utiles enseignements. Fils de simples paysans, aveugle dès sa plus tendre enfance, presque sans ressources et sans protecteurs, il a su, grâce à son courage, à sa persévérance, à une volonté forte et énergique, conquérir une position élevée dans une des industries qui se rattachent le plus à l'art; et cela malgré les préjugés qui s'attaquent aux aveugles, et qui ont le plus souvent pour triste résultat de leur fermer toutes les carrières et de les condamner à végéter tristement en dehors de la vie sociale.

Vous apprendrez plus tard, mes amis, combien ces préjugés sont injustes : il n'est rien que l'éducation ne corrige et ne modifie; elle triomphe de tous les obstacles, de toutes les faiblesses comme de toutes les infirmités; appropriée à chaque individu, à ses besoins, à sa nature, elle lui donne les moyens de se rendre utile à lui-même comme à la société. Le sourd-muet, grâce à l'abbé de l'Épée et à ses dignes successeurs; l'aveugle, grâce à Valentin Haüy et aux continuateurs dévoués de son œuvre, suppléent aux sens qui leur manquent; des méthodes spéciales leur permettent de s'instruire dans toutes les branches des connaissances humaines; et, s'il ne leur est pas donné d'aspirer à toutes les carrières, du moins il en est un grand nombre qu'ils peuvent remplir utilement et même illustrer par leurs talents ou leur génie.

A l'appui de ces pensées, un peu sérieuses peut-être pour votre âge, je vais vous dire l'histoire de Claude Montal.

Que la gravité de mon préambule ne vous effraye pas, mes jeunes amis; ce qui va suivre vous intéressera, j'en suis sûr, et captivera toute votre attention.

Je commence donc.

L'ENFANT AVEUGLE

Dans le département de l'Allier, à douze lieues environ de Moulins, se trouve la petite ville de la Palisse. Cette ville, traversée par la route de Paris à Lyon, est agréablement située dans un vallon, au milieu de fertiles prairies que baigne la rivière de la Besbre, un des affluents de la Loire. Sur le versant du coteau qui la domine, s'élèvent les ruines d'un vieux château fort qui a appartenu à plusieurs grandes familles historiques, et notamment à celle des Chabannes, dont un des membres, le maréchal de la Palisse, se signala dans les guerres d'Italie, sous Charles VIII, Louis XII et François Ier.

Ce guerrier fameux vous est plus connu, mes chers amis, par la chanson populaire qui commence ainsi :

Monsieur d'la Palisse est mort
En perdant la vie;
Un quart d'heure avant sa mort
Il était encore en vie.

Mais laissons cette chanson, que vous savez tous mieux que moi, et revenons à notre histoire.

Il y a plus d'un demi-siècle, vivait à la Palisse une honnête famille d'artisans, composée du père, de la mère et de trois enfants. C'était une de ces familles où l'on rencontre tous les bons sentiments, toutes les vertus, toutes les traditions de morale, de probité et d'honneur. Claude Montal en était le chef. Après avoir longtemps servi son pays et fait toutes les guerres de la République, il avait demandé et obtenu un congé glorieusement acquis, et était venu s'établir et se marier à la Palisse; il y exerçait la profession de sellier; travaillant avec courage, il finissait toujours par atteindre le bout de l'année et par assurer l'existence de sa famille. Si le ciel lui avait refusé la fortune, il lui avait donné le plus précieux de tous les biens : une compagne vertueuse, aimable, dévouée, douée de toutes les qualités précieuses qui font le charme de la vie et l'honneur du foyer domestique. De cette union étaient nés successivement plusieurs enfants.

Quand ses enfants étaient rassemblés autour de lui, que sa femme lui souriait doucement, et qu'un rayon de soleil, perçant les vitres, venait joyeusement éclairer tous ces visages aimés, Claude Montal, les yeux humides de larmes, remerciait le ciel de l'avoir fait si riche, riche d'affections, de bonheur, de santé, de courage, riche du travail de ses bras, suffisant pour les besoins de chaque jour.

Une cruelle épreuve vint tout à coup troubler l'heureuse et paisible existence de cette famille : un des enfants, — il se nommait Claude comme son père, — fut pris tout à coup d'une maladie terrible, au seul nom de laquelle les mères tremblent d'effroi et pressent leurs enfants dans leurs bras comme pour les garantir et les défendre.

La fièvre typhoïde mit longtemps en danger les jours du jeune Claude. La tendresse, les soins, le dévouement de sa mère, triomphèrent du mal.

Mais, le jour où l'enfant se releva guéri, il fallut guider ses pas : un voile funèbre s'était à jamais étendu sur ses yeux; il n'y avait plus pour lui de différence entre la lumière et l'obscurité... il était aveugle!

Aveugle! Ne pas voir les cieux, les rayonnantes clartés du soleil, les splendeurs de la nature; entendre la voix de sa mère et ne pouvoir contempler ses traits; presser la main d'un ami, sans lire dans ses regards et sur son visage; vivre seul, pour ainsi dire, au milieu de tous, dans une nuit qui ne finit pas... quel triste sort! quelle cruelle affliction!

O vous, mes jeunes amis, que Dieu a faits libres de tous vos mouvements, jouissant de tous vos sens et de toutes vos facultés, pouvant contempler toutes les merveilles de la nature, de l'art et de l'industrie, remerciez le ciel et soyez reconnaissants de ses bienfaits! Mais aussi plaignez ceux qui, moins favorisés que vous, sont placés dans des conditions pénibles et exceptionnelles; intéressez-vous à leur sort, tendez-leur une main compatissante et généreuse; et plus tard, lorsque vous serez des hommes, repoussez loin de vous des préjugés odieux; aidez-les, intéressez-vous à l'amélioration de leur sort, à leur éducation, à leurs efforts et à leurs travaux; faites-leur, en un mot, le sentier de la vie moins rude et moins pénible à gravir : ce sont vos frères, et vous leur devez d'autant plus, qu'ils ont reçu moins que vous.

Ainsi le pauvre enfant était aveugle, aveugle à jamais!

Le père et la mère ne pouvaient se consoler.

Claude n'était-il pas, de tous leurs enfants, le plus intelligent, le mieux doué, celui qui leur promettait le plus de consolation pour l'avenir?... Tout le monde le leur enviait. Comme ils en étaient fiers! Déjà le père faisait mille projets pour lui : il travaillerait une heure de plus le matin, une heure de plus le soir, et gagnerait de quoi le mettre au collége; l'enfant deviendrait savant, et peut-être un jour...

Et voilà que le petit Claude était aveugle!

Un proverbe dit : « A brebis tondue Dieu mesure le vent. » L'infirmité dont l'enfant venait d'être atteint, au lieu d'arrêter le développement de son intelligence et de ses facultés, sembla au contraire augmenter encore les dispositions heureuses dont la nature l'avait doué; bientôt se montra en lui cette force de volonté, cette énergie persévérante dont nous trouverons la trace dans tout le cours de sa vie.

On eût dit que l'infortuné, par une grâce toute spéciale du bon Dieu, commençait une vie nouvelle. Sans regret et presque sans souvenir du passé, on le trouvait toujours doux, souriant et gai; tendre et prévenant envers ses parents, affable et bon avec ses petits camarades.

Sa mère veillait sur lui avec la plus vive sollicitude. Au moyen de lettres tracées en relief sur des cartes par des piqûres d'épingle, elle était parvenue à lui apprendre à lire. Plus tard, elle l'envoya à l'école commune. Là, malgré son infirmité, l'enfant devança tous ses compagnons; toujours sérieux et attentif, il s'appropria promptement les premiers éléments auxquels l'enfance est si difficilement initiée, et devint bientôt le plus savant de sa classe.

En même temps, dans ses heures de loisirs, il s'exerçait à toutes sortes de petits travaux manuels : il faisait des franges, tressait des fouets et confectionnait toutes sortes de menus objets de sellerie, qu'il vendait ensuite et dont il apportait tout joyeux le prix à ses parents.

A. Hadamard inv. et del.

Imp. Godard à Paris.

Le petit joueur de Violon.

Nous allons trouver une preuve de l'adresse merveilleuse qu'il avait acquise dans les ouvrages des mains.

LE PETIT JOUEUR DE VIOLON.

C'était par une soirée d'automne.

Les parents du petit aveugle, assis de chaque côté de la vaste cheminée, causaient en attendant l'heure du souper. Les enfants jouaient au bord de la route, devant la maison; par la porte entr'ouverte, la mère pouvait et les surveiller et les voir.

— Hélas! disait la mère, je pense toujours à notre pauvre cher enfant.

— A notre Claude?

— Oui. Sais-tu que voilà déjà trois ans qu'il est aveugle?

— Et il n'en est pour cela ni moins vif, ni moins intelligent, ni moins adroit. Il étonne tout le monde dans le pays, aussi bien les grandes personnes que ses petits compagnons; à l'école il est le plus instruit, au jeu il est le plus hardi.

— C'est vrai; on dirait qu'il voit clair : il va partout, seul et sans guide; jamais rien ne l'embarrasse.

— Sais-tu même qu'il est fort adroit à toutes sortes d'ouvrages : c'est lui qui me tresse les lanières de mes fouets, qui me fait les franges dont j'ai besoin? il travaille le bois et le cuir comme s'il avait ses deux yeux.

— Oui, mais tout cela n'empêche pas qu'il soit aveugle, le pauvre cher enfant!... Que deviendra-t-il un jour? Tant que le bon Dieu nous laissera de ce monde, il ne manquera de rien; mais, quand il restera seul, que fera-t-il? Si nous pouvions lui donner un état qui le mette à même de gagner sa vie!

— Chère femme! quel état veux-tu donner à un aveugle?

— Il m'est venu une idée.

— Laquelle?

— Si nous pouvions lui faire apprendre à jouer du violon! plus tard, avec les fêtes et les noces, il pourrait peut-être, tant bien que mal, se suffire à lui-même. Qu'en dis-tu?

— Ton idée n'est pas mauvaise; mais il est difficile de la réaliser, maintenant du moins.

— Pourquoi?

— On ne trouverait pas un violon à se procurer dans le pays; et, quand bien même on trouverait un instrument, on n'aurait personne pour lui montrer à s'en servir. C'est égal, nous verrons plus tard; et, si l'occasion se présente, nous en profiterons.

Ainsi causaient le père et la mère du petit aveugle, quand tout à coup ils s'arrêtent et écoutent.

Des sons aigres et criards ont frappé leur oreille; on dirait les sons d'un violon entre des mains novices et inhabiles.

La mère quitte le coin de l'âtre et se dirige vers la route, d'où vient le bruit.

Arrivée sur le seuil de la porte, voici ce qu'elle aperçoit :

Sur un banc adossé à la maison est assis le petit aveugle; un violon est entre ses mains; il s'essaye à jouer un des refrains du pays; il cherche, il tâtonne.... il réussit enfin, et son beau visage rayonne de contentement.

Autour de lui sont groupés de jeunes garçons et de petites filles, qui, les yeux tout grands ouverts, semblent l'écouter avec étonnement et admiration.

La mère n'en peut croire ses yeux; la tête penchée en dehors de la porte, doucement émue, elle considère son enfant.

Celui-ci, par suite de cet instinct merveilleux que possèdent les aveugles, a deviné la présence de sa mère; il se lève et court vers elle :

— Ma mère, s'écrie-t-il, c'est un violon! un violon que j'ai fait moi-même... Tiens! regarde!...

Et il lui tend le petit instrument, que celle-ci prend et considère avec attention. Le père arrive et le regarde à son tour.

Certes, il y a loin de cet essai au violon même le plus commun; cependant rien n'y manque : la table, le manche, les cordes, la queue, le chevalet, les chevilles, tout est à sa place.

— Est-ce toi, Claude, demanda le père, qui as fait ce violon?

— Oui, père.

— Mais quelqu'un t'a aidé et t'a donné des conseils?

— Non; j'y ai travaillé seul. Dame, j'y ai mis bien du temps!... L'année dernière j'ai pu toucher pendant quelques instants le violon d'un pauvre aveugle qui a passé par ici; alors je me suis dit que, si j'avais aussi un violon, je pourrais apprendre à en jouer et parvenir à gagner ma vie sans vous être à charge; et je me suis mis à l'œuvre, en ayant bien soin de me cacher de vous, car je voulais vous faire une surprise.

— Viens, mon Claude, dit le père, viens dans mes bras!

En recevant les baisers de son père, l'enfant sentit des larmes qui mouillaient sa joue.

— Tu pleures? dit-il.

— C'est de joie, mon fils! Continue, travaille avec courage et persévérance; et, malgré que tu sois aveugle, tu trouveras un jour ta place parmi les hommes; tu sauras te rendre utile et te suffire à toi-même.

Ces paroles du père, c'était une prédiction.

Considérez un instant, mes jeunes amis, ce fait extraordinaire; voyez ce pauvre petit aveugle : il a touché un violon, il se met dans l'esprit d'en faire un. Le voilà à l'œuvre, travaillant pendant des journées entières. Il ne sait rien, il manque de tout, n'importe, rien ne l'arrête et ne le décourage : un morceau de planche, façonné avec son couteau, reçoit la forme de l'instrument; des crins tordus suppléent aux cordes qui lui manquent; enfin, au bout de plusieurs mois d'un infatigable labeur, l'enfant possède un instrument, bien grossier sans doute, mais sur lequel il parvient néanmoins à jouer quelques airs.

L'histoire de ce violon, c'est celle de toute la vie de l'enfant aveugle : toujours même courage, même lutte contre les obstacles, mêmes efforts persévérants, même énergie de volonté; et toujours même succès.

Qu'un tel exemple vous serve, mes jeunes amis!

L'AUBERGE DE DROITURIER

Sur la route de Paris à Lyon, à deux lieues au-dessus de la Palisse, se trouve le joli petit village de Droiturier.

C'est là que le père du jeune Montal, quittant la profession de sellier, vint s'établir, en 1811, dans une petite auberge qu'il avait fait bâtir au bord de la route.

Cette auberge devint bientôt une des plus achalandées du pays, grâce à l'accueil qu'on y recevait, à la probité, à la politesse et à l'affabilité des maîtres du logis, mais aussi grâce à la présence du petit aveugle, à la curiosité et à l'intérêt qu'il ne cessait d'inspirer.

Son intelligence se développait avec les années; en même temps le besoin d'apprendre se manifestait sans cesse chez lui. Plus sérieux que les enfants de son âge, il recherchait la société des hommes, demandait des explications sur toutes choses, et classait ainsi dans sa mémoire des renseignements précieux à l'aide desquels il suppléait au sens qui lui manquait.

Il y avait dans le village de Droiturier des ouvriers de toutes les professions; l'enfant allait tantôt avec l'un et tantôt avec l'autre; il les interrogeait, s'essayait à leurs travaux, apprenait à manier leurs outils, et leur rendait mille petits services en échange des conseils qu'il recevait d'eux.

C'est ainsi qu'il apprit à travailler le bois et qu'il contracta une dextérité et une adresse des mains que peu d'aveugles ont égalées.

Je vous ai déjà dit que, plein du désir de ne pas être à charge à ses parents, il s'était mis à confectionner toutes sortes de menus objets de sellerie, qu'il vendait ensuite pour son propre compte. C'était à qui lui achèterait, et il ne pouvait suffire à toutes les demandes.

Ces petits travaux manuels ne faisaient pas tort à son instruction, il continuait de fréquenter l'école, où il surpassait tous ses petits compagnons. Il montrait surtout beaucoup d'aptitude pour le calcul, et c'était lui qui faisait tous les comptes de son père. Mais la musique était toujours ce qui avait le plus d'attrait pour l'enfant: le soir, assis à la porte de l'auberge, il s'essayait à jouer, sur l'instrument fabriqué par lui, tous les airs qu'il avait entendus et retenus.

Enfin il n'était question dans tout le pays que du *petit aveugle de l'auberge de Droiturier*. Chacun s'intéressait à lui et chacun l'aimait.

Presque en face de l'auberge se trouvait la maison de la poste.

Le maître de poste, M. Noailly, était un homme bon et généreux; il ne tarda pas à s'intéresser au petit aveugle.

Un dimanche, il vint le chercher, le prit par la main et l'emmena chez lui.

— C'est toi, lui dit-il, qui as fabriqué ce petit violon dont tu te sers?

— Hélas! monsieur, répondit l'enfant, ce n'est pas là un violon. Ah! si j'avais jamais un véritable instrument!...

— Tu serais bien heureux, n'est-ce pas?

— C'est ce que je désire le plus au monde.

— Essaye donc celui-ci.

Et le bon M. Noailly mit entre les mains de l'enfant un charmant petit violon qu'il avait acheté pour lui.

Le jeune aveugle ne pouvait se lasser de l'examiner; il en suivait la forme avec ses doigts, le touchait, le tournait dans tous les sens, en pinçait les cordes et l'approchait de son oreille pour en mieux écouter les sons.

— Eh bien, Claude, dit M. Noailly, ce violon est à toi : je te le donne.

— A moi, un violon! un véritable violon!... répétait l'enfant.

Et il ne pouvait le croire, tant il en était heureux. Il fallut que M. Noailly le lui répétât plusieurs fois.

— Viens me voir quelquefois, mon enfant, lui dit celui-ci; j'ai joué du violon dans ma jeunesse, et je pourrai encore te donner quelques conseils.

L'enfant témoigna sa reconnaissance à M. Noailly; puis il courut tout joyeux montrer à ses parents le précieux cadeau.

L'AMOUR D'UNE MÈRE

L'enfant avait grandi; il avait dépassé sa quinzième année.

Mais, à mesure qu'il avançait en âge, sa mère se préoccupait davantage pour lui de l'avenir.

Souvent elle s'abandonnait aux plus tristes pensées. Un jour, privé de ses parents, sans appui, sans fortune, que deviendra son pauvre enfant aveugle? Son violon suffira-t-il à assurer son existence? ou bien n'aura-t-il pour ressource que la pitié publique, cette pitié souvent froide ou railleuse, qui, par ses dédains, blesse parfois si cruellement l'infortuné dont elle est le seul espoir?

Oh! c'était une affreuse image pour le cœur d'une mère que cette vie d'angoisses et de tourments au sein de laquelle se débattrait son fils, alors qu'elle ne serait plus là pour le guider, le défendre et pourvoir à tous ses besoins!

Un jour que la mère du jeune Montal faisait part de ses inquiétudes à M. Noailly, qui était resté le protecteur et l'ami de toute la famille, celui-ci lui apprit qu'il existait à Paris une école affectée spécialement aux aveugles, dans laquelle on les instruisait et on leur faisait apprendre des métiers, dans laquelle, en un mot, on les mettait à même de se suffire plus tard et d'assurer leur existence par le travail.

Dès lors la mère du jeune Montal n'eut plus qu'une pensée : faire admettre son fils à cette institution.

L'enfant partagea bientôt ce désir. Lui aussi rêvait d'autres destinées; lui aussi songeait déjà à briser les entraves que lui opposait sa triste infirmité, à se créer un avenir indépendant, à travailler, à prendre sa place parmi les hommes. Et même il songeait aussi au bonheur de ceux qui peuvent venir en aide à leurs parents et entourer leur vieillesse d'aisance, de calme et de repos.

Mais que faire?... Paris est bien loin!... Et puis la dépense du voyage sera une lourde charge pour la pauvre famille!... D'ailleurs, peut-on espérer de réussir?... Et quand bien même on réussirait, n'a-t-on pas à redouter de longs délais?

On tint conseil, et il fut décidé que l'on adresserait une demande au roi. Dans cette demande, faite par le père du jeune Montal, on dirait les services du vieux soldat, ses campagnes, ses blessures, tout cela non récompensé; puis on parlerait de l'enfant, des heureuses dispositions de son cœur et de son esprit. Le roi serait ému à la lecture du placet; il ferait répondre à l'instant même... Et qui sait? peut-être répondrait-il lui-même! Dans tous les cas, l'admission de l'enfant à l'institution des Jeunes Aveugles était assurée. Personne ne la mettait en doute, ni le père, ni la mère, ni le petit Claude. Le bon M. Noailly, lui-même, avait fini par la regarder comme certaine.

Avec quel soin on composa cette pétition si importante! Chaque phrase en fut étudiée, discutée, recommencée vingt fois peut-être. Plus de huit jours furent employés à ce travail.

Ce fut bien autre chose encore quand il s'agit de la transcrire : nul papier n'était assez beau, assez grand surtout. Il s'agissait d'écrire au roi! Écrire à un roi, ce n'est pas peu de chose! La main du maître d'école, qui s'était chargé de ce soin, en tremblait tellement, qu'il écrivait moins bien et moins droit que le plus ignorant de ses écoliers.

Enfin la lettre partit.

Quinze jours se passèrent dans une grande anxiété. Chaque matin on guettait l'arrivée du facteur; et quand celui-ci faisait de loin un signe de tête négatif, on reprenait courage en se disant : « Ce sera sans doute pour demain. »

Ce lendemain tant désiré arriva enfin.

La mère du jeune Montal tenait la lettre et n'osait rompre le grand cachet de cire aux armes royales. Elle tremblait d'émotion : cette lettre allait décider du sort de son fils!

M. Noailly se chargea du soin de l'ouvrir. Mais à peine y eut-il jeté les yeux, que son visage s'assombrit et exprima la tristesse.

— Le roi refuse! s'écria la mère... Mon enfant! mon pauvre enfant!

Et, attirant son fils dans ses bras, elle le couvrit de baisers et de larmes.

La réponse se bornait à dire que l'enfant, ayant dépassé quatorze ans, limite de l'âge d'admission, ne pouvait être reçu à l'Institution.

Les premiers moments de tristesse étant passés, la mère du jeune Montal ne se découragea pas; elle garda l'espérance d'obtenir, en faveur de son fils, une exception à la règle commune; et, se confiant à la Providence, elle attendit les événements.

Dieu voit les larmes des mères, et il en est touché; il entend leurs soupirs et leurs prières, et il les exauce.

Une occasion favorable ne tarda pas à se présenter.

La nièce du roi, la duchesse d'Angoulême, vint faire un voyage à Vichy.

Vichy, mes jeunes amis, est une petite ville du département de l'Allier, célèbre par ses eaux minérales. Ces eaux ont une vertu salutaire; elles attirent chaque année un grand nombre de visiteurs qui viennent leur demander la force et la santé.

Dès que la mère du jeune Montal eut connaissance du séjour de la duchesse à Vichy, elle conçut le projet de l'aller trouver et d'obtenir d'elle ce qu'elle souhaitait si ardemment pour son fils. Elle pensait avec raison que cette noble femme, qui avait tant souffert, et dont l'existence avait été si pleine d'amertume et de douleurs, écouterait sa voix suppliante et compatirait à sa peine et à ses tourments.

Elle partit seule, à pied, sans rien communiquer à personne de son dessein. Un heureux hasard, ou plutôt la Providence voulut que, dès son arrivée à Vichy, elle rencontrât la princesse. Son amour pour son fils la rendit éloquente; et la bonne duchesse, émue jusqu'aux larmes, promit sa protection.

Huit jours après, les parents du petit Claude recevaient une lettre qui leur annonçait l'admission gratuite de leur enfant à l'Institution des Jeunes Aveugles de Paris.

L'INSTITUTION DES JEUNES AVEUGLES

Pendant bien longtemps, mes jeunes amis, on ne s'occupa point d'améliorer le sort des aveugles par l'éducation. La pitié publique se bornait à leur ouvrir des asiles où ils pussent trouver un refuge contre l'abandon et le dénûment. Vers la fin du siècle dernier seulement, un homme se trouva enfin qui, joignant à une ardente charité les ressources d'une intelligence patiente et laborieuse, entreprit de relever les aveugles de l'état d'abaissement et d'inutilité dans lequel l'ignorance les retenait plongés, et d'inventer pour eux des moyens d'instruction appropriés à leur infirmité même.

Cet homme, dont le nom ne doit se prononcer qu'avec respect, c'est Valentin Haüy, le bienfaiteur des aveugles.

Valentin Haüy, né en Picardie vers le milieu du siècle dernier, chercha patiemment, pendant plusieurs années, une méthode pour instruire les aveugles; lorsqu'il crut être arrivé à son but, il rassembla quelques-uns de ces infortunés et s'efforça de les instruire. Le succès dépassa ses espérances. Bientôt les progrès de ses élèves intéressèrent le public; l'État lui vint en aide, et, peu à peu, se trouva fondée une école pour l'instruction des aveugles.

Depuis cette époque, l'Institution des Jeunes Aveugles de Paris, établissement qui a servi de modèle à toutes les nations de l'Europe, n'a cessé, sous la surveillance de l'État, et grâce au concours de maîtres habiles et dévoués, de prendre de jour en jour de notables développements.

L'Institution, aujourd'hui magnifiquement installée dans un vaste palais récemment construit pour elle sur le boulevard des Invalides, renferme près de deux cents élèves, qui y reçoivent, pendant un séjour de huit années, une instruction complète, et y apprennent, en outre, des arts et des métiers utiles dont l'exercice leur assurera plus tard des ressources suffisantes.

Priez vos parents, mes jeunes amis, de vous mener quelque jour visiter ce remarquable établissement. Vous y verrez des choses qui exciteront au plus haut point votre intérêt et votre admiration : des aveugles qui lisent, qui écrivent, qui démontrent du doigt la géographie sur des cartes en relief, qui font de belle et bonne musique et jouent de l'orgue, du piano et de tous les instruments; des aveugles qui tissent de la toile, qui tressent la paille et l'osier, qui fabriquent avec le bois toutes sortes de petits objets utiles auxquels rien ne manque, ni la solidité, ni la grâce et l'élégance de la forme.

Mais c'est nous écarter trop longtemps de notre sujet.

Nous retrouvons le jeune Montal à l'Institution des Jeunes Aveugles ; nous l'y retrouvons avec la même ardeur pour l'étude, la même patience et la même énergie de volonté. Devançant, quand il lui est possible, l'heure où commencent les travaux pour ses condisciples, il prend encore sur le temps du sommeil, pour repasser, la nuit, dans sa mémoire, tout ce qui lui a été enseigné pendant le jour. Aussi ses progrès sont rapides ; il dépasse tous ses camarades, et, au bout de trois ans de séjour, il obtient la plus haute récompense donnée dans l'établissement : une croix décernée par le suffrage des maîtres et des élèves.

Cette croix, mes jeunes amis, qui a couronné les efforts de l'adolescent, je l'ai vue placée dans un même cadre à côté d'une autre croix, noble signe de l'honneur et du mérite, qui a récompensé les travaux utiles de l'homme et les œuvres remarquables dues à son intelligence et sorties de ses mains.

Le jeune Montal n'avait plus rien à apprendre parmi les élèves ; on le nomma répétiteur ; en cette qualité, il rendit de grands services à l'Institution, principalement en contribuant à trouver un système d'écriture pour les aveugles, plus simple et d'une exécution plus facile que les procédés ordinaires.

Tout en s'occupant de perfectionner son instruction et de remplir la tâche qui lui avait été confiée, notre jeune professeur ne négligeait pas les études musicales, vers lesquelles il se sentait entraîné par des dispositions et un goût tout particuliers. Il jouait également bien de plusieurs instruments, et notamment du violon et du piano.

Enfin, poussé par un attrait irrésistible vers l'étude des mathématiques et des arts mécaniques, et doué d'une merveilleuse aptitude pour les travaux manuels, ainsi que vous l'avez vu dans l'histoire de son enfance, il se trouva amené à la plus ingénieuse de ses tentatives, à celle qui devait décider de son avenir, et, en même temps, offrir à ses compagnons d'infortune une voie et des ressources nouvelles.

Parmi les répétiteurs de l'Institution, se trouvait alors un jeune homme nommé Tourasse ; moins intelligent que Montal, il possédait comme lui une grande dextérité et une remarquable adresse pour les ouvrages des mains.

Montal et Tourasse s'étaient liés d'une étroite amitié. Souvent ils faisaient de la musique ensemble ou passaient de longues heures à causer de leurs espérances et de leurs projets.

Depuis longtemps ils avaient remarqué que les pianos de l'Institution étaient mal entretenus et surtout fort mal accordés. Ils s'imaginèrent de les accorder eux-mêmes. Jamais, avant eux, aucun aveugle ne s'était avisé d'un semblable travail, lequel paraissait présenter, en effet, à un homme privé de l'usage de la vue, d'insurmontables difficultés, à cause du grand nombre de pièces qui composent l'intérieur d'un piano et surtout de la multiplicité des chevilles autour desquelles s'enroulent les cordes.

Mais ces difficultés n'arrêtèrent pas nos deux amis. En peu de temps, à l'aide du toucher, ils se familiarisèrent avec les diverses parties de l'instrument. Cette première étude faite, ils passèrent à l'accordage et réussirent pleinement.

Cependant l'accordeur s'était plaint : il voyait, dans cet essai, une concurrence pour l'avenir. On l'écouta, et les pianos furent fermés à clef.

Loin de se laisser aller au découragement, Tourasse et Montal résolurent de démontrer de la manière la plus évidente qu'ils étaient capables de faire ce qu'on leur interdisait

Il s'agissait d'avoir un instrument dont ils pussent disposer librement. Un frère de Tourasse leur donne une modique somme avec laquelle ils achètent un vieux piano. Ce piano, ils obtiennent de le placer dans l'antichambre du directeur; et là, pour ainsi dire sous ses yeux, ils le démontent pièce à pièce, en étudient toutes les parties, le reconstruisent ensuite, et le lui présentent enfin parfaitement réparé et accordé.

C'était là une expérience décisive. A partir de ce jour, l'accordage et l'entretien des pianos leur fut abandonné. A partir de ce jour aussi une profession nouvelle fut ouverte aux aveugles, la plus productive peut-être et une des plus accessibles à tous.

Un nouveau travail, plus surprenant encore que ce premier tour de force, vint mettre le comble à la réputation des deux jeunes gens. L'Institution possédait un orgue, instrument assez défectueux, qui avait besoin d'une complète réparation. On demandait une forte somme; l'établissement n'était pas assez riche pour la donner. Un matin, le directeur mande Tourasse et Montal dans son cabinet, et leur propose de se charger de cet important ouvrage. Ils acceptent, à la condition qu'on mettra à leur disposition les ouvriers qui devront travailler, sous leur direction, au montage ou à la fabrication des diverses pièces de l'orgue.

Pour se préparer à une telle œuvre, Montal, le plus savant des deux amis, se procure plusieurs ouvrages et les étudie avec soin; en même temps il consulte au dehors des facteurs renommés et visite leurs ateliers. Enfin il se croit suffisamment prêt, et se met au travail avec son compagnon.

Après de longs efforts, auxquels se mêlèrent quelques instants de découragement, heureusement passagers, le résultat tant désiré fut obtenu : l'orgue, entièrement remis en état, put être joué comme par le passé.

Mais la mort, en frappant Tourasse, vint briser des liens fraternels et mettre fin à une association cimentée par plusieurs années de labeurs continus, de joies et de peines prises en commun.

Cette perte fut bien douloureuse au cœur de Claude Montal, et, à partir de ce moment, le séjour de l'Institution lui devint insupportable.

Depuis longtemps, du reste, il songeait sérieusement à se faire un avenir : sa pensée se dirigeait vers l'accord des pianos; il était dans la ferme conviction non-seulement qu'il y avait là des ressources assurées pour lui, en dehors de l'Institution, mais encore qu'il ouvrirait ainsi une voie nouvelle dans laquelle plusieurs de ses frères d'infortune pourraient le suivre.

L'Institution, d'ailleurs, ne lui offrait aucune carrière sérieuse; là, nul espoir pour lui d'une existence convenable; les fonctions de répétiteur, à peine rétribuées, réclamaient tout son temps et l'empêchaient de se livrer à des travaux utiles et profitables.

Claude Montal, possesseur de modiques économies, mais confiant dans la Providence, quitta donc l'Institution quelques mois après la Révolution de juillet 1830.

Il y avait quatorze ans qu'il y était entré. Il avait alors trente ans.

LA MANSARDE DE LA RUE SERPENTE

Transportons-nous dans une des rues les plus sombres et les plus étroites du vieux Paris, située non loin de ce palais des Thermes dont les ruines attestent encore la puissance et la domination du peuple romain dans les Gaules.

C'est la rue Serpente, jadis célèbre parmi les écoliers de l'ancienne Université de Paris.

Cette rue, mes jeunes amis, tout étroite et sombre qu'elle soit, il ne faut pas la regarder avec trop de dédain. C'était là qu'habitaient les premiers libraires et imprimeurs; ce fut de ces boutiques noires, de ces maisons vieilles et délabrées, que sortirent les premiers livres destinés à répandre dans notre pays les lumières de la science et de la civilisation.

Entrons dans une de ces maisons, et pénétrons dans une pauvre mansarde située au sixième étage. Une couchette de bois blanc, quelques chaises de paille, forment, avec deux mauvais pianos, un violon et quelques livres, tout l'ameublement de cette mansarde.

Nous sommes au commencement de l'hiver de 1831, rude hiver, triste année, marquée, mes jeunes amis, par un fléau terrible au souvenir duquel les générations qui vous ont précédés tressaillent encore d'effroi.

La neige tombe, chassée avec violence par la bise; le froid et le vent pénètrent dans la mansarde par la fenêtre mal jointe, qui tremble et s'agite et semble gémir et se plaindre.

Tout, dans l'intérieur de la mansarde, annonce la tristesse et la pauvreté : les murs y sont nus et délabrés; dans l'âtre vide, nulle flamme ne brille bienfaisante et joyeuse.

Non loin de la fenêtre, accoudé sur la table et la tête abaissée entre ses deux mains, un homme est assis; il songe tristement : ni les bruits du dehors, ni le froid qui engourdit ses mains, ni la bise qui souffle jusque sur son visage, ne viennent interrompre le cours de ses sombres pensées.

Cet homme, c'est le pauvre aveugle sorti de l'Institution pour chercher sa voie dans le monde : c'est Claude Montal.

Il s'était présenté à la société plein de résolution et de courage, et voilà que cette société lui a opposé de vieux et fatals préjugés contre les aveugles, et l'a repoussé. Il avait compté sur des leçons à donner au dehors; mais nul n'a voulu d'un aveugle pour le professeur de ses enfants... Il s'est offert dans vingt maisons qu'on lui avait indiquées, pour accorder des pianos; mais on a ri de son audace et on a refusé de le recevoir. Heureusement encore qu'il est aveugle et qu'il n'a pu lire, sur le visage de ceux qui l'accueillaient ainsi, l'expression d'une pitié railleuse et ce sourire de dédain, plus cruel que le refus... Il avait dû compter sur l'accord et l'entretien des pianos et de l'orgue de l'Institution; par une barbarie que l'on ne saurait trop flétrir, on lui a refusé cette modeste clientèle qu'il avait si bien gagnée par de longs et précieux services; on l'a refusée à l'aveugle pour la donner à un voyant.

Le voilà donc seul, sans appui, sans protecteur, sans ressources, aux prises avec des difficultés insurmontables! Ses économies sont épuisées, et, sans une pauvre veuve de sa maison, à peine plus riche que lui, qui le nourrit en échange de leçons données à ses enfants, il serait exposé aux plus dures privations.

Pour un autre, une telle situation serait le désespoir; mais lui, il ne perd pas courage; il a foi dans la Providence et dans la bonté de Dieu; dans ce moment même, chassant de son esprit les sombres préoccupations du présent, il rêve un avenir meilleur et cherche les moyens de le conquérir.

Ce n'est pas en vain que l'homme ferme et courageux se fie à la Providence.

Alors figurait parmi les administrateurs de l'Institution M. le comte de Saint-Aulaire. Homme au cœur noble, à l'esprit élevé, littérateur distingué et habile diplomate, il a laissé, dans le pays qu'il a servi et dans le cœur de tous ceux qui l'ont connu, d'unanimes regrets. Loin de partager les idées étroites qui avaient fait refuser à M. Montal l'entretien des pianos de l'Institution, M. de Saint-Aulaire s'intéressait au jeune accordeur; il admirait ses heureuses dispositions, son génie inventif, et surtout son courage et sa persévérance.

Malheureusement pour Claude Montal, cet éminent protecteur se trouvait absent de Paris depuis quelque temps.

Mais la porte de la mansarde s'ouvre et donne passage à une dame jeune et élégamment vêtue. A la vue du pauvre logis dans lequel elle vient de pénétrer, une douce compassion se peint sur ses traits et des larmes roulent au bord de ses paupières.

Ces larmes que la charité chrétienne fait répandre, ce sont les seules que versent les anges du ciel.

Au bruit de la porte qui s'ouvre et des pas légers qui se dirigent vers lui, troublé dans sa longue rêverie, l'aveugle a tressailli... Avec cette finesse d'ouïe qui se rencontre chez les infortunés privés de la vue, il reconnaît la présence d'une personne étrangère, d'une femme.

— Vous vous trompez peut-être, madame, dit-il en se levant et en s'inclinant devant la visiteuse ; ce n'est point chez moi que vous pensiez entrer.

— N'êtes-vous pas Claude Montal? lui répond une voix douce et bonne.

— C'est moi-même, madame.

— Moi, je suis la comtesse de Saint-Aulaire. Mon mari, retenu loin de Paris, m'a envoyée vers vous pour vous consoler et vous rendre un peu de courage. Je viens vous chercher, d'abord pour vous confier l'entretien de mon piano, et ensuite pour vous mener chez quelques-uns de mes amis, qui ne tarderont pas, j'en suis sûre, à devenir les vôtres. Venez ; ma voiture est en bas, et je vous attends.

Comment peindre l'émotion de l'aveugle? La voix lui manque, — j'allais dire : il pleure, — mais les aveugles ne pleurent pas.

Laisse-toi emmener et conduire, pauvre infortuné! Cette femme généreuse qui vient dans ta demeure, c'est la Providence qui l'envoie. Désormais l'avenir aura des sourires pour toi, le soleil de doux rayons, la vie des joies et des récompenses!

VINGT ANS DE LUTTE

Je vais vous dire rapidement, mes jeunes amis, comment pendant vingt années M. Montal a lutté contre tous les obstacles, et comment, après en avoir triomphé, il est arrivé au succès et à la fortune.

Par le crédit de madame la comtesse de Saint-Aulaire, il se forma d'abord une petite clientèle pour l'accord des pianos. Peu à peu il fut mis en relation avec quelques professeurs du Conservatoire, et notamment avec M. Laurent, artiste d'un talent distingué et du caractère le plus honorable.

De là naquit une circonstance décisive dans la vie de M. Montal.

M. Laurent avait chez lui deux pianos, l'un à queue, et l'autre droit, sortis de chez deux facteurs différents. Personne n'avait pu jusque-là mettre ces deux instruments au même ton. Le professeur demanda à l'accordeur aveugle s'il croyait pouvoir y parvenir; et celui-ci se chargea de tenter l'entreprise. Après avoir longtemps examiné les deux pianos et s'être bien rendu compte des particularités de leur construction, il comprit ce qu'il fallait faire pour leur donner le même accord, et il y réussit.

Ce succès étonna tellement M. Laurent, que, dès ce jour, il signala Montal à ses confrères comme le meilleur accordeur de Paris. Il le recommanda particulièrement à Zimmermann et à Louis Adam, le père du compositeur célèbre que l'art musical vient de perdre. Ces éminents professeurs lui firent le meilleur accueil, lui procurèrent l'entretien des pianos de leurs élèves, et l'autorisèrent à s'appuyer partout de leur suffrage.

Dès lors, toutes les portes furent ouvertes à l'aveugle : les préjugés qui l'avaient longtemps repoussé étaient vaincus.

Peu à peu M. Montal commença à pouvoir acheter quelques pianos, qu'il retouchait et réparait, soit par lui-même, soit par un ouvrier formé par lui. Bientôt il construisit de petits pianos, qui se plaçaient facilement, grâce aux relations que lui procurait sa position d'accordeur.

Mais ce n'était là qu'un commencement bien modeste et qui ne pouvait faire présager encore les succès de l'avenir.

Cependant M. Montal, jugeant que sa situation, bien que naissante encore, lui permettait de soutenir une famille, songea à se marier. Il chercha une compagne dévouée, douce, simple, bonne, pleine des qualités du cœur et de vertus domestiques; et il eut le bonheur de la trouver.

Peu à peu sa fabrication prit de l'importance, son commerce devint plus considérable, ses ateliers s'agrandirent. Il marcha sur les traces des facteurs les plus célèbres, les égala bientôt, et finit, après vingt ans d'efforts, par se placer au premier rang.

De nombreuses médailles, successivement décernées dans les Expositions publiques, vinrent couronner ses efforts et récompenser un grand nombre d'inventions utiles et fécondes et des travaux qui illustrent d'autant plus un aveugle qu'ils feraient la gloire d'un voyant.

LA CROIX D'HONNEUR

C'était vers la fin de l'année 1851.

L'Empereur qui règne aujourd'hui si glorieusement sur la France n'était alors que Président de la République.

Vous avez entendu parler, mes chers enfants, de cette grande Exposition qui eut lieu à Londres cette année-là, et qui réunit, dans le vaste et magnifique Palais de Cristal, les produits de l'industrie de toutes les nations.

Mais vous avez vu dernièrement, à Paris, une Exposition non moins belle et non moins remarquable, ce qui me dispense de vous donner d'autres détails sur ce sujet.

C'était donc après l'Exposition de Londres.

Le Prince-Président avait voulu distribuer lui-même aux artistes et aux industriels français les récompenses qui leur avaient été décernées par le jury de Londres.

Ces récompenses, mes jeunes amis, elles étaient nombreuses et illustres. Dans cette lutte de l'industrie et des arts, ouverte entre tous les peuples, la France, notre belle et chère patrie, s'était placée au premier rang.

Une foule nombreuse et choisie, renfermant toutes les illustrations des lettres, des sciences, des arts et de l'industrie, se pressait dans la grande galerie du Louvre, richement ornée et décorée d'emblèmes et de drapeaux aux couleurs nationales.

Au fond, sur une estrade, se tenait le Prince-Président, entouré des ministres et des principaux représentants du pouvoir, du clergé, de la magistrature et de l'armée.

Le Prince appelait lui-même les noms de ceux auxquels la croix d'honneur était accordée en récompense de leur mérite et de leurs travaux.

Tout à coup, à l'appel d'un de ces noms, on vit s'avancer vers l'estrade un homme guidé par un jeune enfant.

La foule s'écarta devant lui, pleine d'intérêt, et chaque regard le suivit avec attendrissement.

— C'est un aveugle! disait-on.

C'était Claude Montal.

Le pauvre enfant de la Palisse, le petit joueur de violon de l'auberge de Droiturier, l'ancien élève de l'Institution des Jeunes Aveugles, devenu un des plus célèbres facteurs de pianos, allait recevoir la croix d'honneur, après avoir mérité à Londres une des plus hautes récompenses.

Le Prince-Président voulut attacher lui-même cette croix, si noblement gagnée, sur la poitrine de l'aveugle; et, ne pouvant lui dire du regard l'admiration qu'il ressentait pour lui, il prit sa main et la serra dans les siennes.

Cette histoire est vraie, mes jeunes amis. Celui qui m'en a fourni le sujet vit encore, entouré d'estime et de considération.

Il a pu faire venir auprès de lui sa vieille mère. Elle s'est éteinte doucement.

Elle pouvait mourir, puisque son fils était heureux !

Si vous voulez voir, mes amis, le héros de ce récit, priez vos parents de vous conduire un jour à un des concerts que M. Montal donne tous les ans dans ses magnifiques et vastes salons.

Vous verrez l'homme.

Plus tard, vous serez à même de juger ses œuvres.

www.ingramcontent.com/pod-product-compliance
Ingram Content Group UK Ltd.
Pitfield, Milton Keynes, MK11 3LW, UK
UKHW012045240726
13965UKWH00003B/1046

9 782013 370011